銀塩写真探偵

一九八五年の光

ほしおさなえ

JN167319

登場人物

真下陽太郎（ましも ようたろう）
高校一年生のときに写真家・辛島弘一と出会い、その銀塩写真に魅せられ、暗室作業を手伝うように。両親、妹とともに西国分寺の公団住宅で暮らしている。

真下茂（ましも しげる）
陽太郎の父。電機メーカー勤務。国分寺大学出身。

真下祥子（ましも しょうこ）
陽太郎の母。勤務先の電機メーカーで茂と知り合い、結婚。

真下十羽（ましも とわ）
陽太郎の妹。両親の不仲により、不安定な状態。

辛島杏奈（からしま あんな）
辛島弘一の姪。幼少時に両親が離婚、以来、母方の祖父母の家の近くで母とふたり暮らし。祖父母の営む古い喫茶店を手伝っている。

辛島弘一（からしま こういち）
写真家。銀塩写真にこだわりがあり、写真家として個展も開いている。恋ヶ窪のスタジオでひとり暮らし。

辛島彩月（からしま さつき）
杏奈の母。弘一の妹。化粧品会社の部長。

新見賢也（にいみ けんや）
弘一の大学時代の友人。卒業後報道カメラマンとして活躍するが、30代前半で業界から姿を消す。2001年、アメリカ同時多発テロに巻き込まれて死亡。

1

それは夏休み最後の土曜日のことだった。

恋ヶ窪《こいがくぼ》高校写真部の部室では大掃除が行われていた。休み明けの九月に新校舎が完成、文化部の部室はすべて引っ越すことになっている。そのため、休みのあいだにいまの部室にある荷物を整理しなければならなかった。

集まったものの、はじめはふざけたり、騒いだりで、真面目に作業するものはひとりもいなかった。だが三時をすぎたころ、みな、このままでは永遠に終わらない、と気づき、黙々と手を動かしはじめた。

写真部は荷物が多い。まずは機材。しかも、すでに使っていないものもたくさん残っていた。暗室は数年前になくなったが、暗室用の機材や現像用品もまだごろごろしていたし、古いパソコン用の備品もあった。いま使っていないものはすべて処分、と決めたものの、なにに使うのかわからない機材も多く、いる、いらないの選別にやたらと時間がかかった。

さらに、歴史の長い部だから、過去の作品の類《たぐい》も山積みになっていた。いまは部室の管理が厳しくなり、個人の作品はすべて自分で持ち帰ると決まっているが、むかしはいいかげんだったのだろう。いつのものか、だれのものかすらわからない作品が山のように残っていた。

受験準備で三年生は引退し、もう来ない。顧問の檜山《ひやま》も会議があるらしく、いっこうに姿を見せない。二年生が選別の相談をし、いる、と判断されたものを一年生が箱に詰める。その作業がえんえんと続いた。

一年生のひとり、真下陽太郎《ましもようたろう》は、部室の隅に積まれたわけのわからない段ボール箱の整理をまかされていた。上からひとつずつ箱を開け、なかを確かめる。たいていは過去の作品と私物だった。

あきらかにいらない私物は処分、作品らしいものは二年生に回す。そう指示されていた。箱を開けては、作品とそれ以外に分ける。その作業をもう一時間以上続けている。さすがに疲れていた。外は暗くなりはじめ、もうだれも口をきかない。

いつまで続くんだ、これ。陽太郎はため息をつきながら、ただ惰性で手を動かし続けた。ひとつの箱が空になり、次の箱を開ける。

なんだ、これは……。

大判の古い写真。8×10《エイトバイテン》（二十センチ×二十五センチ）の印画紙に焼かれたモノクロ写真が箱いっぱいに詰まっている。

いちばん上の写真には男の横顔が写っていた。どこにでもいるような年老いた男。だが、その目に建物が映りこんでいることに気づき、陽太郎ははっと息を呑んだ。

建物は恋ヶ窪高校の校舎だった。門にかかった札の「恋ヶ窪高校」という文字がはっきりと見える。目に映った札の文字にピントが合っているのだ。意図的にこう撮ったのか。そう気づいてぞくっとした。

箱から次々に写真を引っぱり出す。取り立てて特徴のない家の庭、並木。恋ヶ窪高校の旧校舎の写真もある。陽太郎はいつのまにか疲れも忘れ、写真の束をめくり続けていた。

なぜだろう？　なぜこの写真はこんなに魅力的なのだろう。うまい。ブレボケはないし、ピントもしっかり合っている。でも、構図が変わっているわけでもないし、めずらしい効果が使われているわけでもない。

モノクロだからだろうか。いや、それだけじゃない。細部の質感が根本的にちがう気がする。質感というのも変な表現だが、調子というか、陰影の感じがどこかちがう。

もしかしたら、これはむかしの暗室で現像した写真なんじゃないか？

「おーい、真下、なにやってるんだ？」

二年生から声をかけられ、陽太郎はあわてて写真を箱に戻した。

「遅いぞ。次の箱、どうなってるんだよ？」

「すみません、それが、この箱はなんだかほかと様子がちがってて……」

陽太郎が答えると、二年の副部長が立ち上がり、近くにやってきた。

「様子がちがう？　どういう意味だ？」

「写真がたくさんはいってるんですが、これ、むかしの、暗室があったころの作品なんじゃないかと思うんです」

「むかしの？」

副部長が箱をのぞきこみ、写真を一枚手に取った。

「たしかに古そうな写真だな」

よくわからない、という顔でつぶやく。

「でも、すごいんですよ、この写真。とくにこれなんか……人の目のなかにピントが合ってて、目に映っている風景の文字までくっきり見えるんです」

「なるほど……」

副部長がじっと写真を見ていると、ほかの二年生もやってきて、箱をのぞいた。

「これ、だれが撮ったものなんでしょうか」

陽太郎は訊《き》いた。

「さあ、こんなむかしのもの、聞いたことないな」

二年生はみな首をひねった。

「気になるのはわかるが、いまはとにかく作業を終わらせなくちゃいけないんだ。作品を鑑賞してる時間はないから」

副部長が壁にかかった時計を指す。もう五時を回っている。

「これはあとで檜山先生に訊こう。それは別によけて、真下は次の箱やって」

切羽詰まった表情だ。六時までにあの箱を全部開けなければならないのだ。陽太郎もあわてて次の箱を開けた。


なんとか五時半すぎに荷物の仕分けはすべて完了した。みなへとへとになっているところにようやく顧問の檜山が現れた。今日はここまでにして、箱詰めは二学期最初の部活の日に行う、と決まった。

「すみません、先生。あそこにあった箱を整理してたら、こんなのが出て来たんです」

陽太郎は檜山を呼び止め、さっきのモノクロ写真を見せた。

「これは……たぶんここに暗室があったころのものだな」

檜山は写真を一枚手に取り、じっとながめる。

「って言っても、僕はフィルムのカメラなんて扱ったことないし、暗室で現像したこともないから、くわしいことはわからないけどね」

檜山は五年前に赴任した若い教師で、彼が恋ヶ窪高校に来たときにはもう暗室は存在していなかったらしい。

「これ、だれの作品なんでしょうか。すごい写真なんですよ、気になります」

陽太郎は写真を見ながら言った。

「暗室が廃止されたのは十年くらい前らしいから、それ以前のものだよな。でも、そのころ顧問をしていた先生は定年で退職されたし……」

「そうなんですか」

「ああ、でも、守田《もりた》先生なら知ってるかもしれない。まだ職員室にいらしたから、訊いてみようか。ちょっとここで待ってろ」

檜山はそう言うと、職員室に戻った。ほかの部員たちはみな帰ってしまい、陽太郎はひとり部室に残された。

しばらくして檜山が守田を連れて戻って来た。守田は理科の教師で、いまの恋ヶ窪高校でもっとも古株だ。前の顧問のとき、写真部の副顧問をしていたのだそうだ。

「ああ、これは辛島《からしま》先生の作品ですね。こんなところにあったのか」

写真を見るなり、守田は言った。

「辛島先生？」

「ええ。先生、って言っても、恋ヶ窪高校の教員じゃないんです。むかし暗室があったころ、恋ヶ窪高校出身の写真家の方が、暗室作業を教えに来てくれたんですよ。辛島弘一《こういち》先生って言って、恋ヶ窪で写真スタジオをされてる……」

「その方、連絡つきますか？」

　檜山が訊いた。

「つくと思いますよ。前に通りかかったとき、まだスタジオの看板が出てましたから。国道の向こうの路地をはいって……孫《まご》の湯《ゆ》っていう銭湯の近くです。たぶん電話番号もどこかに控えてあると思います」

　守田が答える。

「そういえば、前に辛島先生から問い合わせがあったなあ。お辞めになって二、三年経ってから、写真の箱をひとつ忘れたかもしれない、って。捜して届けましょうか、と提案したんですが、不要なので処分してかまわない、とおっしゃって」

「それで？」

「結局、そのときは箱がどこかにまぎれていて見つからなくて。返してほしい、ということならなんとしてでも捜したでしょうが、処分していいと言われたので、そのままになってしまったんです」

「あの……」

陽太郎が横から口をはさんだ。

「その人のところに、写真を返しに行ってもいいですか？」

「不要だから処分してくれ、って言われてるんだよ。それをわざわざ持って行ったら、迷惑なんじゃないか」

檜山が言った。

「いえ、でも……。すごい写真なんですよ。どんな人が撮ったのか知りたくて……。連絡先教えてもらったら、あとは自分でやりますから」

陽太郎は食い下がった。

「いや、いいんじゃないですか」

守田が笑った。

「たしかに辛島先生はすごい人なんです。会ったら勉強になるかもしれない。真下くんだったたっけ、ちょっと職員室に来てくれ。辛島先生にはとりあえずわたしから連絡するから」

「すいません、お手間取らせてしまって」

檜山が守田に頭を下げた。

守田が職員室から電話すると、辛島とすぐ連絡がついた。

生徒がひとり写真を返しに行く、と伝えたところ、承諾されたらしい。明日、日曜日に持っていく、と決まった。守田に辛島のスタジオまでの地図を描いてもらい、陽太郎は写真の段ボール箱を自転車に積んだ。

国道の坂を自転車で下る。夜の風が心地よかった。写真のことを思い出すと、気持ちが高揚した。モノクロ写真。しかもフィルムカメラの。

陽太郎はむかしからフィルムの写真に興味があった。父親の部屋の本棚に古いフィルムカメラが飾られていて、実際に使っているところは見たことがなかったが、メカっぽくてかっこいい、と子どものころから憧《あこが》れていた。考えてみれば、それが写真をはじめたきっかけかもしれない。

陽太郎が写真に関心を持っていることを知ると、父親が中学の入学祝いに小型の一眼レフのデジタルカメラを買ってくれた。フィルムのカメラへの憧れはあったが、父親と相談して、これから写真を始めるなら最新式のものの方がいいだろう、ということになったのだ。

高校の写真部でも、まわりはみんなデジタルカメラだった。顧問の檜山は、写真というよりパソコンが得意で、写真の画像処理についていろいろ教えてくれた。夏休みの撮影合宿を経て、撮影も加工もずいぶん上達した、と思っていた。

だが、あの箱の写真は……。

一目見ただけで、ちがう、と感じた。あの表現力。いままで見てきた写真と全然ちがう。あの写真を撮った人に会える。そう考えるとどきどきした。

西国分寺《にしこくぶんじ》の団地群が見えてくる。学校を出たのは六時半過ぎだった。早く帰らないと。陽太郎は腰をあげ、ぐっとペダルを踏んで自転車を加速した。

「ただいま」

玄関で靴を脱ぎながら、陽太郎は低い声で言った。

「おかえり。遅かったわね」

待ちかまえていたように、母親の祥子《しょうこ》が廊下に出て来た。

「もうごはんよ。手を洗って、早く来て」

陽太郎は両親・妹とともに、西国分寺駅の近くに住んでいる。西国分寺ゆかり壱番街から四番街。住宅、公園、公共施設が集まった区域のUR賃貸住宅だ。

父の茂《しげる》は電機メーカーに勤める技術者。母の祥子は専業主婦。妹の十羽《とわ》は小学五年生。祥子は茂より五歳下で、茂と同じ会社で事務員をしていたが、結婚を機に退職、新居は祥子の実家に近い藤沢《ふじさわ》のマンションだった。

西国分寺に引っ越してきたのは、陽太郎が小学四年生のとき。茂の両親が高齢となり、ふたりにしておくのが心配、と茂が言い出したからだった。

茂の実家は国分寺市と隣接する小平《こだいら》市にある。西国分寺なら新小平まで武蔵野《むさしの》線で一駅。勤務先は大崎《おおさき》なので、藤沢からでも西国分寺からでも通勤時間は変わらなかった。

子どもが小さいうちは祥子の実家の近くの方が便利だったが、十羽も小学校にあがった。祥子の両親はまだ若く、健康上の心配はない。祥子自身も中央線沿線の暮らしに憧れていたから、引っ越しにも乗り気だった。

小平の家も、最初は週に一度様子を見に行くくらいだった。祥子も念願だったフラワーアレンジメントの教室に通いはじめ、充実した日々を送っていた。

だが三年後、茂の父、孝《たかし》が脳梗塞《のうこうそく》で倒れて介護が必要になり、祥子も毎日のように手伝いにいかなければならなくなった。習い事に理解を示していた義母の房江《ふさえ》も、余裕がなくなり、祥子にきつくあたるようになった。

祥子は房江にはなにも言えず、茂とぶつかるようになった。茂の会社も経営難で、残業と休日出勤の連続だったのだが、祥子はよく、自分の実家なのになにもしない、全部わたしに押しつけて、と愚痴を言った。

去年孝が亡くなって房江ひとりになってから、茂と祥子の関係はさらに悪化した。顔を合わせるたびに諍《いさか》いになり、茂の帰宅はどんどん遅くなった。深夜、みなが眠ってしまってから帰宅し、朝も早く出て行く。祥子は毎日不機嫌な顔で、あかるかった十羽も、ほとんどしゃべらなくなった。

陽太郎がダイニングにはいると、祥子と十羽がじっと黙って座っていた。もちろん茂はいない。もう何日も顔を合わせていなかった。

いただきます、とつぶやくように言って、陽太郎は箸《はし》をとった。なにを食べても味気なく、ただ黙々と食べ物を口に運んだ。

2

翌日、陽太郎は段ボール箱を自転車に積み、守田に描いてもらった地図を頼りに辛島のスタジオに向かった。

写真館のようなものを想像していたが、近くまで来てもそれらしい建物は見つからない。自転車を押して探しまわり、ようやく「辛島弘一写真室」の表札を見つけた。木造の古いふつうの民家だった。

ほんとにここなのか？　陽太郎は不安になりながらインタフォンを押した。

なかでしばらく音がしたあと、無精髭《ぶしょうひげ》の生えた年齢不詳の男が出て来た。髪はぼさぼさ、服はくたびれたジャージ。

「だれ？」

しょぼしょぼの目をこすりながら、ぎろっと陽太郎を見る。

「あの、すみません。恋ヶ窪高校の写真部の者です」

寝起きなんだろうか？　陽太郎は男の目つきにたじろぎながら答えた。

「ああ、わたしが辛島だ。電話の件ね。荷物、処分してもらってよかったのに。わざわざ悪かったな。まあ、とりあえず上がってくれ」

陽太郎は目を疑った。ほんとうにこの人があの写真を撮ったのか。だが、いままちがいなく辛島だと名乗った。どう見ても冴《さ》えない風貌《ふうぼう》で、いまも写真の仕事をしているかどうかすら怪しい。

だが、狭い廊下を抜け、リビングに通されたとたん、陽太郎は声をあげそうになった。壁に何枚も真っ黒なパネルがかかっている。

「ちょっとここで待ってろ。コーヒー淹《い》れてくるから」

弘一が廊下に出て行くと、陽太郎は段ボール箱を近くの机に置き、じっとパネルを見つめた。

なんなんだ、これは……。

どう見ても真っ黒にしか見えない。漆黒、というのはこういうものを指すのだろうか。だが、うつくしい。陽太郎は黒い画面に吸いこまれそうになった。

立っていた。

「どうだ？」

うしろから声がして、びくっとしてふり向く。マグカップをふたつ手にした弘一が
「あの……なんですか、これは」

陽太郎は訊《き》いた。

「なんに見える？」

弘一はテーブルにコーヒーを置きながら訊き返した。

「真っ黒にしか見えないんですが……」

「そうか。もっとよく見てみろ」

弘一が思わせぶりににやっと笑う。なんの謎かけだろう、と思いながら、陽太郎は目を凝らした。

じっと見ていると、突然、真っ黒ななかに微妙に明るいところと暗いところがあるのがわかった。いったん見えはじめると、黒のなかの像がどんどんはっきり浮かびあがってくる。細い糸のような……。

毛？　これは動物の毛だ。

「動物……ですか？」

陽太郎が答えると、弘一はくすっと笑った。

「君、なかなかいい目をしてるじゃないか」

　感心したような声だった。

「だが、なにが写っているかは問題じゃない。わたしが撮ってるのは、常に『もの』じゃなくて、『光』だから」

　犬か猫か、あるいはなにか別の生き物か。部分を大きく伸ばしているので、種類はわからない。だが、毛の一本一本までがくっきりと見え、しなやかな手触りや、やわらかさ、温かさ、鼓動で息づく様子まで感じられるようだった。

「これ、写真なんですか？」

　陽太郎は思わず訊いた。これまで見たどんな写真ともちがう。いや、これまで見たどんなものとももちがうなにかだった。

「そうだな、写真だよ。いや、正確に言うと、写真というよりフォトグラフだな」

　弘一が笑う。フォトグラフ、photograph。つまり写真じゃないか。

「同じじゃないですか」

「ちがうよ、まったくちがう」

　弘一はそう言った。

「『写真』は『真実を写す』と書く。じゃあ『photograph』とはなんだ？」

「フォト……グラフ……？」

陽太郎は答えに詰まった。

「ギリシャ語で『フォト』は『光』、『グラフ』は『描く』。つまり、『光が描く』という意味だ」

「光が描く……？」

「これはなあ、全部光が描いたものなんだよ。光の跡だ」

弘一は黒い画面をながめた。

『光が描く』と『真実を写す』、片方は方法を述べていて、片方は目的を述べている。ただそれだけのちがいじゃないんですか？」

陽太郎は訊いた。

「それはちがうよ。いや、正しい部分もあるが、それだけじゃない、って言った方がいいのかな」

弘一は天井を見上げ、うーん、とうなる。

「君は、フィルムのカメラを扱ったことがあるか？」

「いえ、ないです」

陽太郎が答えると、弘一はため息を吐いた。

「でも、原理くらいは知ってるよな」

「なんとなく……でも、はっきりとは……。はじめたときからデジタルでしたし」

陽太郎は口ごもった。

「そうか。暗室もなくなっちゃったしなあ。いまの写真部はどんな活動をしてるんだ？」

「半分は撮影会です。外に出て、思い思いのものを撮ってくる。あとは学校のＰＣで画像処理の方法を習ったり、インスタグラムの使い方とか……」

「撮影に画像処理、インスタ……」

弘一が苦笑いした。

「いいか、すごく簡単に言うぞ。フィルムのカメラには現像が二段階ある。まずはカメラにフィルムをセットし、撮影、これを現像する。その後、現像したフィルムにもう一度光を当て、印画紙に現像する。わかるか？」

「なんとなく……」

「仕方ないな。まだ時間、あるか？　わたしが教えていたころ、暗室で最初にやったやつを見せてやる」

「はい、大丈夫です。お願いします」

陽太郎は即座に答えた。

暗室作業を見せてもらえる？　暗室をのぞいてみたいとは思っていたが、作業を見せてもらえるとは思ってもいなかった。

「辛島先生はいまでも暗室を使って仕事をされてる……つまり、フィルムのカメラで撮影しているってことですか？」

「いや、依頼された仕事はほとんどデジタルカメラでやってるよ。でも、暗室じゃないとできないこともたくさんあるんだ」

弘一がリビングに面した扉の前に立つ。ふつうの部屋の扉だ。

「ここが暗室なんですか」

「そうだよ」

弘一がノブを回し、ドアを開く。ドアの内側には黒い幕がかかっていた。なかは八畳くらいだろうか。床はフローリング。壁は白いクロス。窓に暗幕がきっちり貼られている以外は、ふつうの家の部屋と変わらない。コンクリート打ちっ放しの作業場のようなものを期待していたので、陽太郎は少し拍子抜けした。

「ドアだけだと隙間から光がはいってくる。それを防ぐためにこの幕を使ってるんだ。入ったら横の面ファスナーを留めてくれ」

「これですか？」

陽太郎は幕の端についている面ファスナーをドアの枠のテープに貼り合わせた。

「そう。上から下まできっちりな」

弘一に言われ、念入りに留める。

部屋のなかには酢のような匂いが立ちこめていた。机には大きな機械がのっている。陽太郎は前に本で見た暗室作業の説明の図を思い出していた。

引き伸ばし機、って言ったっけ……。机の横の壁についているのは、たぶんセーフライトっていうやつだ。作業の最中につける、印画紙が露光しない波長の電灯だ。

「じゃあ、さっそくやってみよう。ちょうど現像の作業中だったから、準備は全部できてるからな」

陽太郎ははっとした。玄関に出てきたときしょぼしょぼした目つきだったのは、寝起きではなく、ずっと暗い部屋にいたせいだったのか。

弘一の横顔を見る。さっきまでとは顔つきがまったくちがう。鋭い目つきに、ごくりと唾《つば》を呑んだ。

「現像に使う薬品は三種類。こっちから、現像液、停止液、定着液」

弘一は隣の棚に並んだ三つのバットを指した。

「露光した印画紙をまず現像液に入れる。と、現像がはじまる。一定時間たったら、停止液に移して反応を止める。それから定着液に移す。時間がきたら、四つ目のバットに移す。これは水だ。作業中はここに入れておいて、あとで水洗する」

四つ目のバットだけほかより深く、なかには紙の束が沈んでいた。モノクロの像が浮かんでいる。あれが印画紙なのだろう。

「簡単にいうとそんなとこだ。これから、ちょっと印画紙現像をしてみよう。だが、カメラもフィルムも使わない」

「カメラもフィルムも？」

陽太郎は意味がわからず訊《き》き返した。

「そうだよ。『光が描く』という意味がわかるようにね」

弘一に言われ、陽太郎はますますぽかんとした。

「ここに印画紙がはいっている」

弘一は平たい箱を取り出した。

「箱のなかの、さらに光を遮る袋にはいっている。袋から出せば、印画紙はすぐに感光してしまう。だから、ここから出すときは、部屋を暗くしなければならない。と言っても、真っ暗で作業するのはむずかしいだろう」

「あれを使うんですよね」

陽太郎は机の横のセーフライトを指した。

「そうだ。ただし、フィルムを扱うときは完全に暗黒にする。印画紙の場合はセーフライトをつけても大丈夫ということになっている。わたしはほんとうにデリケートな作業のときは完全に真っ暗にするけどね」

「真っ暗でもできるんですか？」

「できるよ。慣れれば」

弘一はあっさりと言う。陽太郎は口をつぐんだ。

「じゃあ、準備をしよう。まずは、この部屋のなかで印画紙にのるくらいの大きさのものを集めるんだ。印画紙の上に置けるものなら、厚みや素材はなんでもいい。君のポケットのなかのものでもいいよ」

陽太郎はポケットを探り、自転車の鍵と入れっぱなしになっていたメモ用紙を取り出す。腕時計も外す。弘一は、机の引き出しから、定規、鉛筆、ハサミなどを取り出し、机に並べた。それから梱包《こんぽう》材に、棚に置いてあった丸い石。

「ここに上から光を当てる。そうするとどうなる？」

「影ができます」

陽太郎は答えた。なるほど。光が描く、とはそういうことか、と思った。

「印画紙の上にものを置いて光を当てる。現像すればその影が残る、そういうことですか？」

「簡単に言えばそういうことだ。印画紙は最初は真っ白だ。光を当てても真っ白。だが、現像液に入れると、光が当たったところは反応して黒くなり、当たらなかったところは白いままになる」

「影絵みたいに？」

「そうだ。だが、浮かび上がる像は、君の想像通りじゃないかもしれないぞ」

弘一はまたにやっと笑う。

「やってみればわかる。この引き伸ばし機の光を使う。まずセーフライトをつけ、電気を消してくれ。スイッチはそこだ」

弘一に指された場所を見る。セーフライトのコードの途中のスイッチを入れ、呼吸を整えてから電気を消す。暗い部屋に黄色っぽい弱い光だけが灯《とも》る。

「安心しろ。最初は暗く感じるが、目が慣れればだんだんいろいろ見えてくる」

弘一の声がした。さっきまでは聞こえていなかった、いや、聞こえても気にしていなかった時計の音が妙に大きく聞こえた。

しばらくすると目が慣れ、ぼんやり部屋のなかが見えてきた。

「これから印画紙を出す。そうしたらその上にさっきのものを並べてみろ」

弘一が箱を開け、袋から紙を取り出す。A4くらいの大きさの紙が引き伸ばし機の下の台の上に置かれた。

「直接置いちゃっていいんですか」

「いいよ」

陽太郎は印画紙の上に次々にものをのせ、並べていった。

ビニールの梱包材は半透明だから、光を当てれば透けるだろう。つまり黒くなる。

プラスチックの定規も透けて、写るのは目盛りだけだろうか。石やハサミや腕時計の下は多分真っ白のまま。置きながらなんとなく予想を立てる。

「ものとものを重ねるところもあってもいいかもしれないぞ」

弘一に言われ、消しゴムの上に鉛筆の片端をのせたり、梱包材を一部丸めて上をハサミで押さえたりした。

「そんなもんでいいか?」

弘一に訊かれ、陽太郎はうなずいた。

「じゃあ、光を当てるよ」

机の下にフットスイッチがあるらしい。カチッと音がして、印画紙が照らされた。白い紙の上にものの姿が現れ、くっきりした影を落とす。

陽太郎は引き寄せられるようにそのものたちを見た。一方から光が当たると、もの自体の見え方が変わる。光によって陰影がうまれ、ものの小さな部品やものとものの重なりが際立ってくる。

きれいだな、と思った。並んでいるのはありふれたものばかりだったが、使い道や名称から切り離され、単なるものとして光をあびている。

次の瞬間、引き伸ばし機の光が消えた。

「じゃあ、現像だ」

弘一が印画紙の上のものをそっと外す。陽太郎も手伝い、ものを横に置いた。最初と同じ真っ白な紙が現れた。

弘一はその白い紙をつまみ、現像液のバットに入れた。すぐに手元のタイマーを押し、印画紙ばさみでゆっくりと動かす。

バットのあたりはセーフライトの光もあまり届かず、なかは暗くてあまりよく見えない。それでも目を凝らしていると、白い紙のあちこちがだんだん黒くなってくるのが見えた。

像が浮かんでくる。それがハサミの持ち手の部分だと気づき、陽太郎は胸が高鳴るのを感じた。不思議な感触だ。未知のものが浮かびあがってくるような気がして、言いようのない興奮を覚えた。

タイマーが鳴ると、弘一は印画紙ばさみで印画紙をつかみ、現像液から引き上げ、隣の停止液に入れた。停止液用の印画紙ばさみに持ち替えてふたたび攪拌《かくはん》、定着液に移し、定着液用の印画紙ばさみに持ち替え、ふたたび攪拌。

「ついでだから、もう一、二枚やってみるか」

弘一に言われ、よくわからないまま陽太郎はうなずいていた。

三枚の印画紙を使って同じ作業をした。最後の印画紙を水のバットに移したあと、電気をつけた。

印画紙には不思議な像が浮かびあがっていた。陽太郎が予想していたよりずっと繊細な陰影があり、立体感のある物質が真っ黒な空間に浮かんでいるようだった。

乾燥させたあとに見ると、もっと細かいところまではっきりと見ることができた。幻想的とも言える画像に、陽太郎は目を見張った。

透けるものは透けて黒くなる。光を通さないものが置かれた場所は白くなる。だが、それだけではない。丸みがある物体の場合は縁の浮かんだ場所にも光が回りこむ。その結果、はっきりした輪郭線ではなく、周りに繊細な陰影ができるのだ。

「おもしろい」

陽太郎は像に見入った。

ハサミも腕時計も鍵も、全然ちがうものになって黒い空間に浮かんでいる。

「これはフォトグラム、って言われてるものだ。モホリ＝ナジっていうアーティストが編み出した技法だよ。マン・レイは同じものをレイヨグラフって呼んでいた。日本にも似た技法で作品を生み出したアーティストはいる。瑛九《えいきゅう》という版画家はフォト・デッサンって呼んでいたそうだ」

これはたしかに光が描いたものだ。だが、写っているものは、目で見たときの被写体の姿とはちがう。だから写真とは言いがたい。でもフォトグラフではある。

「でも、まあ、これは過去の人たちの実験。これをくりかえすんじゃ、ダメなんだ。

わたしはだから、新しいフォトグラフを探している。さっきの真っ黒なシリーズもそのひとつ。でも、それはあくまで作品で、これだけじゃ食っていけない。ちゃんとカメラマンとして、いわゆる『写真』を撮る仕事もしているよ」

弘一が笑いながら言うのを、陽太郎はぼんやり見つめた。カルチャーショック、というのだろうか。見たことのないものを見た衝撃で、頭がぐるぐるしていた。

3

学校がはじまってからも、陽太郎は暗室で味わった深い興奮を忘れることができなかった。写真部で撮影や画像処理をしても、なにかちがう、と感じた。

もう一度あのスタジオに行きたい。写真を、暗室作業をもっと見たい。

いや……。あの人から写真を習いたい。

陽太郎は首を横に振った。あそこはどう見ても個人スタジオだ。人を雇うようには見えない。でも、手伝わせてもらうことはできないだろうか。もちろんバイト代なんていらない。とにかくダメ元で、お願いしてみるか……。

迷った末、九月の終わりに陽太郎はふたたび弘一のスタジオを訪れた。約束の電話もなしに、放課後いきなり押しかけ、インタフォンを押した。

「どうした？　忘れものか？」

弘一が不思議そうに陽太郎を見た。

「いえ、そういうわけじゃないんです。あのときの暗室作業が忘れられなくて……」

陽太郎は言い淀《よど》み、うつむいた。

「あの……」

顔をあげ、弘一を見る。

「弟子入りさせてもらえませんか」

思い切って言った。

「弟子入り？」

弘一は一瞬目を丸くし、まじまじと陽太郎の顔を見た。

「いえ、お手伝いでいいんです。暗室作業をもっと見たくて……。写真部に行っても、なんだかぴんと来なくて……雇ってくれ、とか、そういうんじゃなくて、ただ手伝わせてもらうだけでいいんです」

陽太郎は途切れ途切れに言った。

「無理だな」

弘一は即座に答えた。

「長年、写真部で教えていてわかったんだ。わたしは教師には向いてない。だいたい人が人になにかを教えるなんて、できるわけがない」

「なにも教えてくれなくていいです、勝手にただ見てますから」

陽太郎は深く頭を下げた。

「いやいや、だからさ。それって、わたしにどんな得があるんだよ」

弘一は困ったように笑う。

「雑用、なんでもやります」

「そう言われてもねえ。人手は足りてるんだよ。わたしの仕事はどれもわたしじゃないとできない。わたしより下手な人に任せる余裕はないんだ。教える、育てる、っていうのは、もっと大きな仕事をしたい人がすることで……」

そこまで言って、弘一はふと言葉を止めた。

「いや、でも……」

少し考えるように宙を見上げたあと、じっと陽太郎を見た。

「君、暗室作業に興味があるんだよね」

「はい」

陽太郎は即座にうなずいた。

「自宅に自分の暗室は作れるかな？　本気で写真に取り組むつもりなら、人の暗室を借りるんじゃなくて、自分の暗室を持たなくちゃいけない。もちろんカメラもだ」

れない。

「暗室とカメラ……」

陽太郎はぐっと黙った。貯金を全部つぎこんで、足りなければバイトする。いますぐは無理でも、ちょっとがんばれば安いカメラと暗室機材を買うことはできるかもしれない。

問題は場所だ。家に空いている部屋なんてない。

それに、このままいくと両親が離婚するとか、別居するとかいうことになるかもしれない。そうなれば引っ越しやら転校やらもあって、きっと大混乱になる。

「君は高校何年だ？」

「いま一年です」

「大学は？」

「行くつもりです」

「自分の部屋は？」

「あります」

陽太郎が答えると、弘一はふむ、と息をついた。

「高校生だと部屋の改装まではむずかしいかもしれないな。ならまず、カメラだけは自分のものを用意しろ。そして、大学にはいったら自分の暗室を作れ。暗室っていっても、専用の部屋じゃなくて自室でいいんだ。暗室として使うときに真っ暗にできれば、ふだんはふつうに使っていい。薬品の臭いはするかもしれないが」

弘一は笑った。

「ただ、押入れ暗室とか、風呂場《ふろば》暗室はやめろ。狭いスペースでは落ち着いて仕事ができない。かたむいた台なんてもってのほかだ。ちゃんと作業ができる広さがないと、ロクな仕事はできない。要するに引き伸ばし機を置く机と、現像液のバットを置くスペースがあればいいんだ。それくらいなんとかなるだろう?」

弘一の暗室の引き伸ばし機とバットの並んだスペースを思い出しながら、たしかにあのくらいのスペースならなんとか作れるかもしれない、と陽太郎は思った。本棚を少し整理してベッドと机を同じ側に寄せれば……。

「それまではうちの暗室を使っていい。仕事のないときに教えてやる」

「ほんとですか?」

暗室を使える。しかも教えてもらえる。陽太郎は飛びあがりそうになった。

「ただし、カメラはすぐに手に入れろ。それは最低条件だ。絶対に安物は買うな。おすすめは中古のニコンのF3だ。はじめは五十ミリのレンズだけでいい。だが、これを買っておけばレンズのバリエーションもあるし、しばらくは困らない」

「わかりました」

カメラだけなら……。なんとしてでも手に入れよう。陽太郎はぎゅっと拳《こぶし》を固めた。

「それから、あとふたつ条件がある」

弘一が陽太郎の目をのぞきこんだ。

「これはまあ、もちろん約束をしたって当てにならない話ではあるんだが……」

少し口ごもる。

「なんですか？」

「写真を続ける、ってことだ。大学にあがっても、その後どんな仕事についても、写真を続ける。そう約束できるなら弟子入りを認める。途中で辞めてしまうなら、教えるだけ損だからな」

陽太郎は思わず息を呑《の》んだ。そんな長い約束、いまできるのか。だが、ここまで来たらのるしかない。写真の仕事につけ、と言われているわけじゃないんだ。続けるだけ。それならできるだろう。

「わかりました。あとひとつは？」

「わたしがこれから言う作業をきちんとこなすこと。まず、毎日必ず三十六枚撮りフィルム一本写真を撮る。そうしたら一週間で七本になるだろう？　それを持ってここに来る。ここでその七本を現像し、その後印画紙現像を行う。現像した印画紙は持ち帰り、あとで説明する作業を行って来る」

あとで説明する作業というのがどういうものかわからないが、その程度ならこなせる気がした。

「それを毎日続ける。できるか？」

「できます。いえ、やります」

陽太郎はうなずいた。


約束はしたものの、ほんとうにできるのだろうか。だいたい、フィルムのカメラってどこで買えばいいんだろう。いくらくらいするものなのだろうか。家に帰ってからネットで検索すると、中古カメラの店がいくつも引っかかった。

ニコンF3というカメラは、安いもので二万円代、高いものだと六万円代。だがそれは本体だけで、レンズも別に買わなければならない。子どものころから貯めて来たお年玉をはたけば出せないわけじゃないが、こんな高いもの、これまで買ったことがない。

あれ、でも、これ……。

陽太郎はディスプレイをじっと見つめ直した。カメラの形に見覚えがある気がした。

これって、もしかして父さんの本棚にあるやつじゃ……？

こっそり茂の部屋にはいりこみ、本棚を見た。古いカメラ。よく見ると筐体《きょうたい》にNikon F3と書かれている。

これだったんだ。

陽太郎は呆然《ぼうぜん》とした。こんな近くにあったんだ。

これ、まだ使えるんだろうか。

もし使えるなら……。父さんに頼んで、貸してもらう。いや、辛島先生は「自分のカメラを買え」と言った。ということは借りるのではダメだ。じゃあ、譲ってもらう？　こんなふうに飾ってあるんだし、きっと大切なものなんだろう。だが、可能性がないわけじゃない。陽太郎は茂が帰ってくるのを待つことにした。

深夜、祥子も十羽も眠り、家のなかがしずまりかえったころ、玄関から鍵《かぎ》を開ける音が聞こえて来た。

陽太郎は玄関に行き、帰ってきた茂にいきなりカメラのことを訊《き》いた。

「カメラ？」

茂がきょとんとした顔になる。

「父さんの部屋の本棚にある、ニコンF3ってやつ。あれ、使えないかな？」

「あれは銀塩カメラだぞ」

茂が少し驚いたような顔で訊き返す。

「知ってる。やってみたいんだ。フィルムの写真」

「へえ……」

「フィルムのカメラとか暗室に興味が出てきたんだよ」

陽太郎は言った。

「でも、現像はどうするんだ？　高校の部室には、暗室、ないんだろ？」

「それは、大丈夫。教えてくれる人がいるんだ。前にうちの高校の写真部に教えに来てくれてた人。そこに通って、現像を教えてもらうことになった」

「なるほど。そういうことか。なら、あのカメラ、お前にやるよ」

茂はあっさりと言った。

「え、いいの？」

「ああ。カメラはな、借りるってわけにはいかない。やるからには、自分のカメラじゃないとダメなんだ」

茂も弘一と同じことを言った。

「いや、でも……。そしたら、譲ってもらう、ってことで。お金、払うから」

大事にしているカメラをタダでもらうのは、さすがに気が引けた。

「いいって。だいたいお前から金をもらっても……どうせもともと俺の金じゃないか」

茂は笑った。

「俺があのカメラを使うことはもうないから、飾っておくより、お前が使ってくれるならその方がいい。けど、ちゃんと動くかな。長いこと触ってなかったからなあ」

茂によると、動かすには電池が必要らしい。翌日の学校の帰り、陽太郎は電器店に寄って電池とフィルムを買って来た。操作してみると、カメラは申し分なく動いた。深夜に帰って来た茂に教わって、フィルムをセットする。

デジタルカメラに慣れた陽太郎にとって、ファインダーをのぞくというのは不思議な体験だった。シャッターのカシャッという音と手応《てごた》え。フィルムを巻くときの感触。なにもかも新鮮だった。

それに、これで弘一に写真を教えてもらうことができる。

自分のものとなったニコンF3を枕元に置き、何度もながめながら眠りについた。

「そうか、お父さんが持っていたのか、わたしと同じくらいの年だろうからなあ」

カメラを持っていって見せると、弘一は笑った。

それから、弘一に言われた通り、陽太郎はつねにこのカメラを持ち歩くようになった。モノクロのフィルムを一日一本撮影。週末に弘一のスタジオに行き、現像する。そちらの方が忙しくなって、結局写真部は辞めてしまった。

フィルムは、白黒反転しているためネガと呼ばれる。もともとは三十六枚分が連なった長いテープ状のものだが、現像が終わった時点で六コマごとにカットする。こうしてできたネガを並べてベタ焼きを作る。ベタ焼きとは、コンタクトプリント、密着印画とも呼ばれる。ネガを原寸プリントしたものだ。カットされたネガを8×10《エイトバイテン》の印画紙に並べ、引き伸ばし機で露光、現像する。

ネガを収めたケースには番号を振り、ベタ焼きにも同じ番号を振ってスクラップブックに貼っておく。そうすればベタ焼きがインデックスとなり、プリントしたい写真をスクラップブックで探し出すことができるようになる。

できあがったベタ焼きから、良さそうなフィルムを選び、引き伸ばす。フィルムを引き伸ばし機のキャリアにはさみ、引き伸ばし機の光をつけると、下に像が大きく映写される。ネガとは白黒反転し、元通りになった像だ。ピントを合わせてから印画紙を置いて露光、現像すると、印画紙に像が刻まれる。

つまり、白黒反転したものが再度反転して元の形になるのだ。はじめて現像したとき、写真とはこういうものだったのか、と驚いた。

引き伸ばし機の光源からの距離を変えることで、どんな大きさにでも引き伸ばすことができる。だが、弘一からは細部がよく見えるよう8×10に引き伸ばすように言われていた。

カメラのレンズを通った光は、ピントの合った距離にあるものをいちばんくっきりと見せる。それより遠いもの、近いものは少しぼやける。そのぼやけ方は「絞り」によって調整できる。

撮影するとき、レンズすべてを使うわけではない。レンズの前の中央に穴ができる構造になっており、その穴の大きさによって外から取りこむ光の量が変わる。その穴の大きさを決めるのが「絞り」だ。

穴を大きく開けば、取りこまれる光の量は多くなる。同時に、レンズ中央の大きな部分を使うため、レンズの屈折が大きくなる。よって、ピントの合っている部分はくっきり写るが、その距離から外れるとボケる。一点にピントが合い、手前や背景がボケた写真になる。

絞り値を高くすると、穴は小さくなる。レンズは中心に近い狭い部分を使うことになるので、屈折は小さくなる。だから手前から奥まで、比較的長い距離がボケずに撮れる。だが、絞りを開放しているときに比べてはいって来る光は少ないので、シャッターの開いている時間を長くしなければならない。

光はシャッターが開いている時間にはいって来る。このときにカメラが動けば、光の跡はにじみ、像がボケてしまう。ブレボケ、と呼ばれるものだ。

大きく伸ばすほど、ネガに刻まれた粒子が拡大されるため、少しずつ像が粗くなっていく。ピントが合っていないもの、ブレているものは、8×10に伸ばすとはっきりわかる。

陽太郎が現像したものを見せるたび、弘一は、まだまだだな、と渋い顔をした。

——まだ下手なんだからさ、いろいろむずかしいことをしようとするな。暗いところで撮るとか、小さいものを撮ろうとか十年早い。素直に、明るい場所でちゃんと撮ればいいんだ。

——いくら絞り値を高くしても、ほんとうにピントが合う距離はひとつだけなんだよ。お前、ほんとにここを撮りたかったの？　ちゃんとあわてずにピントを合わせてからシャッターを押せ。

——たとえ一〇〇〇分の一秒だったとしても、動くときは動くんだよ。三〇分の一秒くらい動かずにいられるだろう？　ほんとは一秒だって、大した長さじゃない。いち、って数えるあいだだけ。一瞬だよ。そのあいだ動かずにいればいいだけ。練習すりゃ、できるようになる。

——三脚？　そりゃ三脚使えばカメラは動かないさ。でも、撮りたい、って思ったとき、三脚出して、立てて、カメラセットして、なんてやってたら、絶対に間に合わないよ。そもそもカメラは常時ちゃんと首にかけとけ。キャップもやめろ。で、両手はできるだけ手ぶらで、すぐにカメラを持てるようにして。そうしないと、決定的瞬間に間に合わない。

写真部にいたころは、気になったものがあるとカメラを向け、「なんとなく」それが撮れれば満足していた。どう撮るか、なんて考えたことはなかった。「なんとなく」何枚か撮ると、一枚くらいいい感じに撮れていることもある、それが「なんとなく」ほめられる。すべてが「なんとなく」だった。

弘一のところでは、その「なんとなく」が一切許されなかった。弘一の指摘には「なんとなく」はない。いつも「なにをしたくてこう撮ったのか」と訊かれる。考えながら撮り、意図通りに撮れたかチェックする。撮れなかった場合はなぜか考える。そのくりかえしだった。

弘一の評価の厳しさに、もう辞めたい、と思うこともあった。だが、次の日になるとまた首からカメラをさげている。

できあがったものは家に持ち帰り、スポッティングを行う。写真のなかにできる白い小さな点を筆で潰《つぶ》していく作業だ。印画紙上に現像されない小さな点ができることがある。光を当てたときに微細な埃《ほこり》が付着していた、現像液に浸したときに気泡がはいったなど原因はいろいろだ。

もちろん形がはっきりわかるほど大きな埃がついていたりしたら、それは失敗だ。だがどんなに気をつけても、必ずいくつか小さな白い点が残る。ぱっと見ただけではわからないほど小さくても、必ず細い筆と墨で潰す。塗るのではなく、小さな点を打って埋めていくのだ。

単調な作業だった。最初はなんのためにそんなことをするのかわからず苦痛だったが、続けるうちにしだいに意味がわかってきた。この作業をすることでプリントの細かい部分まで見る。光が引き起こすさまざまな現象を目にすることができる。ブレボケも子細にながめれば、手がどちらからどちらへ動いたのかわかる。

そうした作業を重ねるにつれ、陽太郎はますます弘一の写真のすごさを感じるようになった。風景をふつうに撮った写真でも、光の作る像がすべて写し取られている。白から黒までのグラデーションが無限に分かれている。

同じネガを使っても、まったく同じようにプリントすることはできない、と弘一は言った。人だの建物だの、写っている「もの」がわかればいい、そういう写真なら問題にならないような微細なちがいだが、引き伸ばす際の露光時間、現像の時間が数十分の一秒ちがうだけで、厳密には同じ像にならない。その日の気温や湿度によっても微妙な差が生じる。撮影も現像もそれほどデリケートなものなのだ、と。

はじめて暗室の隣の部屋にはいったとき、陽太郎は弘一の技術が経験の積み重ねによるものだと知った。その部屋には膨大なスクラップブックが並んでいた。

弘一は、大学時代からずっと三十六枚撮りのフィルムを毎日五本ずつ撮影してきたらしい。千冊近いスクラップブックはすべてそのベタ焼きが貼られたものだった。日付ごとに整理され、下の棚には対応するネガがすべて保管されている。

まるで時間の倉庫だ。すべてデータにして保存するならわかる。だが、弘一はそうしない。ネガでなければならないのだ、と言っていた。どんなに画素数が上がってもパソコンの画像はドットでできている。ネガとは本質的にちがうのだ、と。

作品を印刷することもなかった。自分で現像したもの、いわゆるオリジナルプリントしか自分の作品とみなさない。

頼まれ仕事とは別に、弘一はリビングに飾られていたような作品をこつこつ作り続けている。そして、年に一度個展を開く。個展で発表している作品については、作品集を作ることもなく、雑誌掲載も拒んだ。

印刷するということは、網点に分解するということ。デジタル処理も同じだ。だからネットも使わない。そういうわけで、弘一の作品はメディアにのることもなく、知っているのは個展に来るわずかな客のみだった。

高三にあがる春休み、陽太郎は弘一といっしょに近所に撮影に出かけた。

三年にあがったら受験勉強に集中しなければならない。弘一は、写真はいったん中断しろ、と言った。陽太郎ははじめ納得できなかった。だが、弘一の目を見て了解した。写真は片手間ではできない。浪人するなんてことになったら、中途半端な時間が長引いてしまう。それより今年必ず受かろう、と決意した。

志望校は国分寺大学。弘一と同じ大学で、家から自転車で通うことができる。弘一のスタジオとも近い。弘一のもとで写真を続けることを前提に選んだ大学だった。

そして中断する前に一度だけ、いっしょに撮影にまわることになったのだ。

スタジオを出て、住宅地を通り、国分寺の駅の方へ歩いた。起伏のある土地、日のあたる畑、斜面に立ち並ぶ家々。風にひるがえる洗たく物や路地に寝そべる猫。

陽太郎も弘一もただ黙々とカメラをかまえ、シャッターを切った。あたりまえの風景がなにもかも新鮮に見え、陽太郎はかつてない充足を感じた。

「だいたい、お前は写真を撮る態度からよくない。目の前にある物体をつかまえに行くんじゃない、はいって来る光を受けとめるんだよ。つかまえようとすると、どうしたって前のめりになる。手が動く。そうじゃない。ただどっしりかまえて受けとめればいい。撮ったらすぐ逃げよう、って態度もダメだ」

陽太郎が撮影している姿を見ながら、弘一は言った。

「見ろ、世界には光があふれている。お前はただこれを受けとめればいいんだ」

そう言って、日に向かって両手を広げた。

ああ、そうか。陽太郎は思った。光を受けとめればいい。簡単に聞こえるが、なんとむずかしいことか。

必ず大学に受かろう。そして弘一のもとに戻ろう。陽太郎はそう決意した。

4

一年が経った。

陽太郎は自転車で弘一のスタジオに向かっていた。念願通り国分寺大学に合格し、四月から大学生。これで写真を再開できる。

世界は光であふれている。弘一の言葉を思い出しながら、一心に自転車を漕《こ》ぐ。

銭湯を少し過ぎたあたり、高い木の生い茂る古い家の前に自転車をとめ、玄関の前に立つ。インタフォンを押そうと指を伸ばした。

なぜか緊張していた。最初のときと同じように。あのときはジャージにぼさぼさ頭の先生を見て、ほんとにこの人が、って疑ったんだよなあ。陽太郎は当時を思い出し、笑いそうになった。

深呼吸してインタフォンを押す。ややあって、玄関に弘一が出てきた。

「陽太郎」

少し驚いたような目になった。

「先生、受かりました。国分寺大学です」

陽太郎は一気に言った。

「そうか」

弘一は目を細めた。

「よかったな。よくがんばった」

「約束どおり、春休みにはいったら自分の暗室を作ります」

合格したときに決めたのだ。もし両親が別れて引っ越すようなことになっても、暗室は作り直せばいい。もう大学生なのだから、バイトして独立する、っていう考え方だってある。とにかくいまは写真に向かっていきたかった。

「そうか。受験勉強のあいだにもっといい道を見つけてしまったかと思ったよ」

弘一はうれしそうな顔になった。

「そんなことはありません。ずっと写真を撮りたかった」

「そうか」

弘一はすうっと息をついた。

「なんだか少し大人になったな。まあ、とにかく上がれ」

陽太郎は靴を脱ぎ、玄関に上がった。

弘一の淹《い》れたお茶を飲みながら、今後の話をした。自分で暗室を作っても、弘一のところに通いたい、と告げると、弘一は、まあ、いいだろう、と言いながら、まんざらでもない顔になった。そして、暗室を作るなら、引き伸ばし機をひとつ譲るよ、と言った。

「ほんとですか？」

「ああ、むかし恋ヶ窪高校の写真部で使っていた引き伸ばし機が物置にはいってるんだ。もともとわたしが貸してたもので、古いが、性能は悪くない。この前ためしに使ってみたんだが、問題なく使えたよ」

「ありがとうございます」

もちろん暗幕やセーフライト、イーゼル、フィルム現像用のタンク、バット、印画紙ばさみなどの暗室機材は買いそろえなければならない。自分の暗室を持つようになれば、薬品も自分で購入し、管理していかなければならない。だが、いちばんの大物である引き伸ばし機が手にはいれば、費用はずいぶんおさえられる。

部屋を片づけ、置き場所を確保したら引き伸ばし機を取りに来る、と決まった。

「じゃあ、それまでに用意しておくよ。それから、そのときに……」

弘一はなにか言いかけ、黙った。表情が陰った気がした。

「なんですか？」

陽太郎は気になって訊《き》いた。

「いや、なんでもない。それはまたそのとき話すよ」

弘一は笑った。

卒業式が終わると、陽太郎はさっそく暗室作りの準備をはじめた。

高校までの教科書や使わなくなったものを思い切って捨て、家具を移動し、暗室作業に使える場所を確保した。リビングのすみにあった古い机をもらい、引き伸ばし機をのせる台に使うことにした。

金曜の夜、弘一に電話すると、明日《あした》は一日スタジオにいる、と言われ、午後三時に引き伸ばし機を取りに行く約束をした。

土曜日、陽太郎は大きな布袋と旅行カバンを持って家を出た。引き伸ばし機は分解すればなんとか自転車でも運べるだろう、と言われていたが、落とすのが不安だったので、歩いて行くことにした。

スタジオに着き、インタフォンを押す。だがなぜか弘一は出なかった。

陽太郎は首をひねった。昨日約束した時間なのに。もしかして、暗室にいるのか。

ドアノブに手をかけると、かちゃっと音を立てて、ドアが開いた。

不用心だな。ぼやきながらなかにはいる。弘一はふだんからあまり戸締まりにこだわらない。家にいるときは鍵《かぎ》を開けっ放しにしていることも多かった。でも、鍵が開いていたということは、なかにいるんだろう。

「辛島先生」

暗室のなかにも聞こえるように大きな声で呼びかける。耳をすますが返事はない。

「だれ？」

そのとき、どこからか声がした。弘一ではない。女性の声だ。陽太郎は驚いてあたりを見まわした。女性がソファに座って、じっと陽太郎の方を見ていた。

だれだ？　見たことのない人だった。大学生くらいだろうか。自分より少し上な気がする。

ソファに横たわっていた身体をいま起こしたという感じだ。眠そうな目、髪が乱れているところから見て、おそらく寝起き。髪は長く、顔立ちは整っているが、目つきが悪い。それはただ急に起こされて不機嫌だからというだけかもしれないが。

だが、問題はそんなことじゃない。こんな若い女性がなぜここにいるのか、ということだ。辛島先生は独身だから、すごく若い彼女、って可能性もあるが……。

「あの……聞こえてないの？　あなた、だれ？」

彼女は立ちあがり、陽太郎を見ながら首をかしげた。

「あ、いや、別に怪しいものでは……」

うろたえながら答える。

「ああ、もしかして……。あなたが真下陽太郎くん？」

彼女は顔を前に突き出し、じいっと陽太郎を見る。

なぜ知っているんだろう。いや、そんなことより、この人はだれなんだ。

「へえ、そうなんだ。同じ大学に入学するっていうのは聞いてたけど……」

ふうん、というような顔で、彼女は陽太郎の目を見た。見切られているようで、落ち着かない気持ちになる。

「同じ大学、っていうのは、国分寺大学？」

「そうよ。わたしも今年入学するの」

彼女はにこっと笑った。

「で、君は？　君はだれなんだ？」

陽太郎は気になっていたことをようやく口にした。

「わたし？　わたしは辛島杏奈《あんな》」

彼女は、どん、とソファに腰をおろした。辛島、ということは、辛島先生の親戚《しんせき》ということだろうか。

「弘一はわたしの伯父《おじ》なの。母の兄。聞いてなかった？　わたしは聞いてたよ。ここに写真習いに来てる男子がいるって」

「そうなんだ……」

姪《めい》……？　初耳だ。似てるような気もするが、よくわからない。

「今日は母に頼まれて来たんだけど、来てみたら伯父はいなくて」

「家のなか、探した？」

「もちろん。暗室以外は全部開けてみたけど、いなかった。暗室も外から声かけたんだけど、答えはなかった。あなた、よくここに来てるんでしょ？　伯父からなにか聞いてない？　今日は留守にする、とか、しばらく出かける、とか」

「いや。そもそも、今日来るって約束して来たんだから」

「そうなんだ」

杏奈は息をつき、足を組む。

「俺がはいろうとしたときは鍵が開いてたんだけど……。君が来たときは鍵、開いてた？」

陽太郎が訊いた。

「ええ。だからはいれたのよ。わたしは鍵、持ってないもの」

「そうか。君が来てからどれくらいたった？」

「時間？」

杏奈がスマホを見る。

「わたしがここに来たのは二時ぐらいだから……一時間以上経ってるわね」

そのあいだ、鍵開けっ放しでソファで寝てたのか。この人も相当不用心だな。陽太郎は杏奈を見た。最初はキツそうな印象だったが、そうでもないらしい。さばさばしているというか、作らないタイプなのだろう。

「つまり、一時間以上前から出かけてるってことだよね。どうだろう、辛島先生、ちょっと自販機やコンビニに行くくらいだと鍵かけないことも多いけど、それだけ長時間の外出だと、さすがに鍵かけてくと思うんだけど」

「でも、実際いないのよ」

杏奈が首をひねる。

「見てないのは暗室だけ。あそこだけは勝手に開けるな、って言われてるから」

「俺もなかにはいったとき声はかけた。いつもだったら、部屋を出られなくても、作業中だ、って答えてくる。でも、さっきは返事がなかった」

「なら、やっぱり、いない、ってことじゃないの？　それに、さっきからここで会話してるんだし、いるんだったら、いくらなんでも出てくるでしょ？」

「まあ、ふつうはそうだよ。作業のキリのいいとこで出てくる。だけど、もしかしたら、作業中になかでなにかあった、とか……」

そこまで言って、陽太郎は少し不安になった。

「なにか、って？　なかで倒れちゃった、とか……？」

杏奈も心配そうな顔になる。

「万が一、ってこともあるしね。開けてはいってみようか」

陽太郎は扉の前に立った。

「先生、いますか？」

なかに向かって声をかけ、耳をすます。やはり返事はない。

「ちょっと開けますよ。いいですか？」

陽太郎はゆっくりドアノブをひねり、扉を開けた。

扉の内側の暗幕はしまっている。部屋のなかは暗い。作業中だった、ってことか。だとしたらやはり先生はこのなかに……？

うしろからはいって来た杏奈に扉を閉めるように言って、陽太郎は暗幕の隙間からなかをのぞいた。セーフライトはついている。ということは、印画紙現像をしていたということだろう。だが、見回したところ部屋のなかに弘一の姿はない。

「どうなってるの」

うしろから杏奈に突っつかれる。

「だれもいないみたいだ」

陽太郎は暗幕の端の面ファスナーをドアから剝《は》がし、なかにはいった。

「暗いね」

うしろから杏奈が言った。

「電気、つけてもいいかな」

「いや、ちょっと待って」

じっと目を凝らす。すぐに目が慣れ、部屋を見渡す。やはり、人影はない。作業中ということはなさそうだ。

「いいよ。つけて」

杏奈がスイッチを押すと、ぱっと電気がついた。

「いない……。やっぱり出かけてるのかな」

たしかに弘一の姿はどこにもない。だが、なにか引っかかる、と陽太郎は思った。

部屋の電気が消えている。作業中も電気は消す。だが、使っていないときも電気は消されている。問題はセーフライトだ。はいって来たとき、セーフライトはついていた。セーフライトをつけるのは作業中だけだ。それに、ドアの前の暗幕もきっちり閉まっていた。

これだけ見ると作業中のように思える。だが、現像用のバットは出ていない。バットは隅に重ねられ、触ってみると乾いていた。現像作業でバットを出さない、なんてことはあり得ない。なにか中途半端だ。

「どこ行っちゃったんだろう。ちゃんと病院、行ったのかな？」

杏奈の声が聞こえた。

「病院？」

先生、どこか悪かったのか？　陽太郎は杏奈を見た。

「目の調子がおかしい、って言ってたらしくて。母が心配して、一度病院に行って調べてもらえ、って言ったのよ。伯父は病院嫌いだからいやがってたんだけど、カメラマンでしょ？　目が商売道具なんだから、って言い聞かせて……」

目の調子が？　初耳だった。

「いちおう行くって約束したみたいなんだけど、それから音沙汰《おとさた》なしで。母が心配して、自分は仕事で帰りが遅いから様子見てきてくれ、って頼まれたの」

この前来たとき、目の調子のことなど言っていなかった。そう思いながら陽太郎は部屋のなかを見回した。

いつもと同じ。きれいに片づいている。この家、先生の居室はめちゃくちゃだが、暗室も作業場もフィルム保管庫も、仕事用の部屋は常にきちんと整えられている。

暗いなかでの作業の上、急いで対応しなければならないことも起こる。だから道具はいつも同じ場所にないとダメ、床にものが落ちてたり、棚からものがはみ出してたりするのも危険だ、と言っていた。

そのとき、奥の机の上にスクラップブックが出ていることに気づいた。隣の部屋の棚に蓄えられたベタ焼きファイルのうちの一冊。机の上にはネガのはいった箱も置かれている。しかも、ネガケースが一本出しっぱなしになっていた。

おかしい。先生がこんなふうにネガケースを出しっぱなしにすることなんてないのに。陽太郎は奇異に思った。

「どうかした?」

杏奈が訊《き》いた。

「おかしいな、と思って。先生がネガを放置して出かけるなんてあり得ない」

「これのこと?」

杏奈は出しっぱなしになっていたネガのケースを手に取った。

「これがここにあるってことは、このなかの写真を現像しようとしてた、ってことかな?」

「それもよくわからないんだ。現像するなら現像液が出ているはずなのに、出ていない」

「一九八五年だって」

杏奈はスクラップブックの表紙を見ながら言った。

一九八五年。いまから三十年以上前か。陽太郎はネガのケースを手に取った。白の無地の紙製、薄紙のポケットにネガを挟むタイプ。いつも弘一が使っているものだ。ぱたぱたと薄紙を開くと、切られたネガが透けて見えた。

ポケットが一段空いている。ここから一本ネガが外に出ているということだ。机の上を見たところ、ネガはどこにもない。だとしたら、引き伸ばし機か。弘一がいつも使っている引き伸ばし機を見たが、フィルムキャリアにネガはない。

「なにか捜してるの？」

杏奈がうしろから声をかけてくる。

「ネガだよ。このネガケース、一段空だった。ネガを一本だけ外に持ち出す、というのは考えにくい。ネガはあまり手で触れてはいけないんだ。一本だけ出したら別のケースに入れなければならなくなる。それに、先生はネガがばらばらになるのを嫌ってた。持ち出すとしたらこのケースごと持って行くだろう」

「なるほど」

「この部屋にあるとしたら、いちばん考えられるのは引き伸ばし機だ。でも、セットされてない」

「じゃあ、あれは……？」

杏奈が、ネガが置かれていた奥の机を指差す。机の隅に古い引き伸ばし機が置かれていた。なかなかいいものらしいが、旧型なのでふだんは使っていない、壊れやすいので手を触れないように、と言われていた。

「あれも引き伸ばし機？」

「そう。ふだんは使ってないけど」

「でも、あそこ……なにかはみ出してない？」

杏奈に言われて目を凝らす。

「ほんとだ」

キャリアの両端からネガらしきものがはみ出している。陽太郎は古い引き伸ばし機に近づいた。たしかにネガがセットされている。

「これがそうなのかな？　このスクラップブックのなかにあるやつなんだよね？」

杏奈がスクラップブックの方を見る。

「そうだね。ネガは白黒反転してるから、見てもなにが写ってるかわからないかもしれない。でもたしかめるのは簡単だよ」

「どうするの？」

「このまま引き伸ばし機のスイッチを入れればいい。部屋を暗くすれば、引き伸ばされた像が下に出る」

「へえ。面白そう」

杏奈が興味津々という顔になる。

「ただ、この機械、触ったことがないからよくわからないんだ」

陽太郎はかがんで引き伸ばし機の下のコードをたどる。フットペダルがつながっている。電源もはいっているようだ。使っているところを見たことがなかったが、これまでも使っていたということか？

「ちょっと、電気消してくれる？」

陽太郎が言うと、杏奈がうなずく。

「ついでに入口の暗幕も面ファスナーを留めてちゃんと閉めて」

現像するわけではないから、そこまで厳密にする必要はないのだが、できるだけ暗い方がはっきりした像が見える。杏奈がしっかりと面ファスナーを留めた。

「電気、もう消していい？」

「いいよ。セーフライトつけたから、そこを消しても真っ暗にはならない」

杏奈がスイッチを切る。部屋がセーフライトの光に満たされた。

「うわあ。作業中の暗室ってこんな感じなんだ。なんかかっこいいね」

杏奈がものめずらしそうに言った。

陽太郎は少し緊張した。暗室にはいるときはいつもそうだ。部屋が暗くなっただけなのに、世界が変わったような気持ちになる。光の魔術のための儀式を行うみたいに。ぼわっと空気が濃密になり、身体のなかにいつもとちがう感覚が目覚めてくる。

次第に目が慣れ、周りのものが少しずつ見えはじめた。杏奈はなにもしゃべらず、不思議そうにあたりを見回している。

「じゃあ、行くよ」

杏奈に声をかけると、陽太郎はフットペダルを踏んだ。引き伸ばし機の電気がつく。

「ああっ」

杏奈が小さく声を上げた。下の台にモノクロの像が写っている。陽太郎がピントを微調整すると、くっきりした像が浮かびあがった。

「すごいね。映画みたい……」

杏奈が像をのぞきこむ。

「はっきり見える。これ、どこだろう?」

写っているのは町の風景。手前にバス停らしきもの。バスを待つ人の列ができている。タクシーも数台停まっている。どこかの駅前かもしれない。正面に斜面。交番とマクドナルドが並んで建っている。

その像がぐらりと揺れた。

「え、ええ?」

杏奈が声をあげる。

モノクロの像がどんどん広がっていく。風景が四方に延び、陽太郎は自分がその風景のなかに飲みこまれていくのを感じ、目を閉じた。

5

なんなんだ、ここは……。

目を開けたとたん、陽太郎は呆然とした。

周囲にはモノクロの世界が広がっている。

弘一の暗室はどこにもない。

バス停、バスを待つ人の列、交番、マクドナルド。さっきの写真と同じ場所だ。それらがすべて立体になり、まわりに広がっている。世界はすべてモノクロで、立体映像のなかにいるみたいだった。

そして、なにもかも動かない。時間が止まったみたいに。バスを待つ列のなかには、あくびをしたまま止まっている人もいた。

「ここ、どこ？」

杏奈もあたりをきょろきょろ見回している。杏奈には色がある。そして、動いている。陽太郎は自分の手を目の前にかざす。自分にも色があり、動くことができるのを確認した。時間が止まったようなモノクロの世界のなかで、陽太郎と杏奈だけが元の姿のまま、動くことができるらしい。

「なに、これ。どうしちゃったの？」

杏奈がうろたえているのがわかる。だが、陽太郎も答えられない。なにが起こったのか、さっぱりわからなかった。

「ここ、どこなんだろう」

陽太郎はあたりを見回しながらつぶやく。

「場所は国分寺……だと思うよ」

杏奈が陽太郎のうしろを指差した。駅だ。改札口が見える。国分寺駅と書かれていた。

「国分寺……？　国分寺の、どこ？」

国分寺。陽太郎の住む西国分寺の隣の街だ。JR中央線でひとつ新宿《しんじゅく》寄り。国分寺駅は西武国分寺線の始発駅でもあり、国分寺線のひとつ隣が恋ヶ窪。陽太郎の通っていた高校がある場所だ。

恋ヶ窪というのはほとんどなにもない場所だし、西国分寺も栄えているとは言えない。だから、陽太郎の家族も高校の同級生も、ちょっとした買い物のときは国分寺に行っていた。服や家具など大きな買い物のときは、中央線でさらに先の吉祥寺《きちじょうじ》や新宿に行くのだが、日常的な買い物は国分寺まで出れば事足りる。

つまり、陽太郎にとって国分寺は慣れ親しんだ身近な街だった。だが、目の前の風景はまったく見たことのないものだった。

「南口じゃないよね」

　杏奈が言った。

「そうだな。地形的に見て、たぶん北口だ」

　陽太郎もうなずいた。

　国分寺の駅は傾斜地に立っている。南口側は駅を出るとすぐにくだり坂になる。いま目の前に広がっている場所はそうではない。駅の出口が低く、目の前がのぼり坂になっていた。だが、北口の前にこんな坂、あっただろうか。

「これってまさか……」

　陽太郎の口からつぶやきがもれた。

「さっき、先生の暗室でスクラップブックを見ただろ？　あのスクラップブックには一九八五年って書いてあった。つまり、あのネガは一九八五年のもの。この風景は引き伸ばし機で見た画像といっしょじゃないか」

「ほんとだ。つまり、ここは一九八五年の国分寺……？」

　杏奈が息を呑《の》む。

「だとしたら、たしかに北口はこんなだったのかも……」

　あたりをぐるりと見回しながら言った。

「おばあちゃんがよく言ってた。むかしは北口の出口がすり鉢の底みたいなところにあった、って」

「すり鉢の底……」

いま目の前にあるのは、まさにすり鉢の底だ。

「それからマルイができて、改札や出口が変わった、って……」

杏奈がもう一度あたりを見回した。

国分寺駅は大規模再開発中なのだ。駅の臨時の通路には再開発工事のあらましを記したポスターが貼られている。再開発は五十年ほど続いているらしく、国分寺駅の変遷が写真とともに紹介されていた。

五十年といえば半世紀。たとえば辛島先生はいま五十四歳。先生が生まれてからいままで、この駅はずっと再開発中だったということになる。気の遠くなるような計画だ。陽太郎はポスターを見るたびにそう思っていた。

「わたしたち、タイムスリップしちゃったのかな？」

「まさか。そんなことあるはずない。それに、タイムスリップってこういうものじゃないだろう？　ここは時間が止まってるみたいだ。なにもかもモノクロだし……」

陽太郎はそこまで言って言葉を濁す。

「そうなの？」

「じゃあ、写真のなかの世界？」

杏奈の言葉に、陽太郎はぐっと黙る。その通りだ。過去の世界というより、写真の世界。さっき引き伸ばし機で見た一九八五年の国分寺駅北口の写真。そのなかにはいってしまった。陽太郎も同じことを考えていた。

風景はモノクロだが鮮明。立体的な空間で、写真では見ることのできない裏側にも回りこめる。立体映像でもない。ここにあるものは手で触れることができた。感触はみな同じで、つるんとしているが、ちゃんとそこに「ある」。そして動かない。風に飛ばされたらしい紙切れも宙に止まったままだ。

音もなかった。さっきから聞こえているのは杏奈の声だけ。

「そんなバカな……」

「こんな非現実的なこと、起こるわけない。わたしだってそう思うよ。けど、じゃあ、なんなの？　そう考えるのがいちばん自然でしょ？」

杏奈はあっさり言った。陽太郎は信じられず、首を横に振った。

だが、現に俺たちはここにいる。

いったいなにが起こったんだ？　さっきまでは弘一の暗室にいた。弘一が引き伸ばし機に残していたネガに光を当てた。写っていたのはおそらく、ここと同じ時間、同じ場所。引き伸ばされた像を見ていたとき、その世界が広がって……。

たしかに写真の世界にはいったと考えるのがいちばん筋が通っているようだ。

「信じられないけど、そこを認めないと先に進めない。どういう仕組みかはわからないけど……」

言いかけて、陽太郎はふと気づいた。

「この写真、先生が撮ったんだよな」

ぐるりとあたりを見回す。

「どうしたの？」

「いや、この世界が写真の世界だとしたら、どこかにいるんじゃないか、って。この世界を写した人、つまり、この時代に生きていた辛島先生が」

「伯父《おじ》が……？」

「ふつうは、写真には撮影者は写らない。写るのはカメラのファインダーにはいった世界だけだから。けど、この世界は三六〇度広がっているから……。どこだろう？カメラをかまえているからすぐにわかるはず」

陽太郎はぐるりと駅前を見渡した。引き伸ばし機で見た像を思い出す。たしかバスを待つ人の列を横から撮っていた。ということは……。

「あ、あれだ」

杏奈が指差した先に、カメラをかまえた男がいた。スーツ姿の若い男だ。手のなかにはいまと同じライカM3。

弘一はいかにもカメラをかまえている、というポーズを取らない。いや、かまえてからシャッターを切るまでの時間が短いのだ。かまえた、と気づいた瞬間にはもう撮り終えている。オートフォーカスじゃないのに、まるで魔法だ。

「うん、まちがいない。むかしの写真で見た伯父はこんな顔だった」

近づいた杏奈が言った。

「でも、若いなあ」

目を凝らし、近づいたり、遠ざかったりしながら弘一の姿を見ている。

こうなるともう、写真のなかの世界にはいったのだと認めざるを得なくなる。陽太郎もじっとモノクロの弘一を見た。顔は半分カメラに隠れていて見えないが、精悍《せいかん》な雰囲気はいまと同じだ。

一九八五年といえば、いまから三十三年前。辛島先生が大学生だったころだろう。おそらく大学三年か四年。大学生のころの先生はこんな感じだったのか。いまの大学生より大人びているようにも見える。それは大学生全般ではなく、先生だけかもしれないが。

はじめて会ったとき、弘一はもう五十代だった。弘一が若いころどうしていたのか考えたことがないわけではなかったが、こうして目にするとやはり驚く。

そして、これまで若いころの弘一の姿を見たことがなかった、と気づいた。あの部屋のスクラップブックは何度もながめた。あれだけの枚数があっても、弘一の姿はどこにもなかった。すべて弘一が撮ったものだから、弘一自身は写っていない。だが、あのすべての写真の外に、ほんとはこうしてカメラをかまえた弘一が立っていたのだ。

「ねえ」

杏奈がつぶやく。

「もしかして、伯父もここにいるんじゃないかな」

一瞬、意味がわからず、陽太郎は若いころの弘一を見た。

「そうじゃなくて、いまの伯父。伯父もわたしたちと同じように、この世界にはいっちゃった、ってことはないかな」

杏奈の言葉に、陽太郎ははっとした。

「外に出かけたんじゃなくて、先生もこの世界にはいってしまったんなら、鍵《かぎ》が開けっ放しだったことも、作業中のまま消えてしまったことも説明がつく」

「はいってしまって、なにかの理由で出られなくなった、とか……？　かなり長い時間戻ってきてないわけだし、この世界のなかでなにかあったのかもしれない」

ふたりであたりを見まわす。

だが、見える範囲にはいないようだ。もしいまの先生がこの世界にいるなら、俺たちと同じようにカラーのはず。そして、動いている。モノクロの動かない世界のなかで、カラーの人間が動けば目立つ。目にはいる範囲にいれば気づくだろう。

「このあたりにはいないね」

「どっかに移動したのかな」

杏奈が首をひねった。

「そもそも、先生はこの世界のことを知ってたのかな」

陽太郎はつぶやいた。

「どういう意味？」

「俺たちはたまたまあの引き伸ばし機のスイッチを入れたことで、この世界にはいってしまった。だけど、先生は？　あの引き伸ばし機はふだんは使っていない。壊れやすいからあれには触るな、と言っていた。でも……」

暗室でペダルを踏んだときのことを思い出す。本体にも、ネガキャリアにも埃《ほこり》はなかった。

「あの引き伸ばし機、ちゃんと手入れされていた。先生は暗室はいつもきれいにしてたけど、それにしたって埃ひとつなかった。そもそもあまり使わないならカバーをかけたりするだろう？　でも、あれはいつもむき出しだった」

そういえば……。記憶がよみがえってくる。いつだったか、スタジオのリビングで作業していたとき、先生に質問があって暗室に行った。暗室は電気がついていた。先生は部屋の奥にいて、あの引き伸ばし機の手入れをしていた。

――あれ、その機械、使うこともあるんですか？

陽太郎がそう訊《き》くと、弘一は一瞬あわてたような顔になった。

――いや、これは特別なときに……。

そこまで言って口ごもった。

――特別なとき？

――まあ、まだお前には早い。だが、いつか教えるときが来る。そのときまで待て。

それまでは、壊れやすい機械だから絶対に触るなよ。

めずらしく真剣な目だった。特別なとき。あのときはそれが「特別な現像」を意味していると思っていた。だが……。

「古くて壊れやすいから触っちゃいけない、って言われてた。でも、もしかして、触っちゃいけないのは、こういう特殊な現象を起こす機械だから、ってことだったのかも……」

「つまり、伯父はこの機械を使うと写真世界にはいれる、って知ってた……？」

知っていた。でも、俺には秘密にしていた、ってことか？

――いつか教えるときが来る。

あれはどういう意味だったんだろう。

「とにかく、伯父を捜しに行かない？　なにかあったのかもしれないし、よく考えたら、わたしたち、帰り方がわからないじゃない？　もし伯父が知っててここにはいったんなら、伯父は帰り方を知ってるかもしれない」

杏奈が言った。

「でも、どこに行けば……」

どちらに進めばいいのか、見当もつかない。陽太郎は途方にくれた。

「だいたい、この世界、どこまで続いてるのかな」

写真に写っている範囲を超えていることはわかる。だが、どこまでなのか。端はどうなっているんだろう。ぷっつり切れているのか。だんだんぼんやりしてくるのか。

「ここで考えてても仕方ないし、とにかく歩いてみようよ」

杏奈はそう言って歩き出した。陽太郎もあとを追う。

世界は意外なほど遠くまで続いていた。駅前の短く急な坂をのぼると、ごちゃごちゃした商店街がはじまる。まっすぐの道、左右の道、いずれも商店が並んでいる。

このあたりの建物はすべて取り壊され、再開発中だったはず。陽太郎はきょろきょろあたりを見まわした。駅の上にはウエストとイーストというふたつの巨大複合ビルの建築工事が始まっているが、影も形もない。道の形もいまとはまったくちがった。

大学通り商店街という見覚えのない通りを歩いていく。

「ああ、ここ……」

杏奈が遠くを見た。

「ここはいまでもあるよ。あの突きあたりのビジネスホテルとか。へえ、この店、こんなむかしからここにあったんだ」

陽太郎も国分寺に来たことはあるが、こんな道は通ったことがなかった。だが、ここで生まれ育った杏奈がそう言うのだからまちがいないのだろう。

「俺はこのあたり、そんなに来たことないから、よく知らない。こっちに越して来たの、小学校四年のときだから、それまでのことはわかんないし」

「そうなんだ。でも、なんか不思議な感じ。新しい建物ができると、前になにがあったか思い出せなくなっちゃうじゃない？　なのに、こうして見ると記憶がよみがえってくる……」

「それって、忘れたのとはちがうのかもしれないよ。頭のどこかにはある。だが、ふだんはその場所にたどりつけない、みたいな……」

「なるほど。そうかもね。どっかにあるけど、たどりつけない……」

杏奈は唱えるように言って、くすっと笑った。

「それにしても、この世界、けっこう大きいみたいだね。これだけ大きいと、やみくもに歩いても見つからないな」

陽太郎はつぶやいた。

「伯父《おじ》はなにしにここに来たんだろう？」

杏奈が立ち止まり、腕組みした。

「真下くん、さっき伯父はこの世界のことを知ってたんじゃないか、って言ってたよね。もし知っててはいったんだとしたら、なにか目的があったんじゃないかな」

「目的？」

たしかにそうだ。目的があるとしたら、いったいなんだ？

「一九八五年って、先生は何歳？」

「一九八五年。三十三年前か……。たぶん大学三年か四年だと思うけど」

杏奈はうつむき、指を折って数えはじめる。

大学時代か。陽太郎も記憶をたどった。受験の前、弘一が国分寺大学出身だと知り、大学の話を訊いたことがあった。時代がちがうから参考にはならないよ、と笑いながら、授業や学食の話はしてくれた気がする。

「大学四年……」

杏奈が顔をあげる。

「わかった。これ……たぶん卒業式の日の写真だ」

「卒業式の日？　君、ネガの日付、見たの？」

なぜわかるんだ？　陽太郎は驚いて訊いた。

「ううん。見てない。でも、春だっていうのはわかるよ。歩いてる人の服装、みんな分厚いコートじゃない。けど、上着は着てる。夏や冬じゃない。春か秋」

「なるほど」

「それに、さっきから袴《はかま》やスーツを着た若い人が多いでしょ？」

たしかにその通りだ。目にはいってはいたのだが、あまり意識していなかった。だが、これだけ袴姿が多いということは……。

「大学の卒業式……」

「そう。さっきの伯父もスーツを着てたでしょ？　変だな、って思ってたんだ。卒業してすぐ、伯父はカメラマンになった。サラリーマンじゃないから、仕事でスーツを着ることはない。就活してないから、大学時代もスーツなんて着なかったはず。着るとしたら卒業式くらいしか考えられない」

「つまり、今日は国分寺大学の卒業式なのか」

少し先にも袴姿の女性がふたり立っていた。近くには男が三人。あきらかにスーツを着慣れていない若い男性だ。手には紙の筒。卒業証書がはいったものだろう。

時間は……影の長さから見て、お昼ごろか。卒業式は午前中だろうから、式が終わって駅近辺まで戻ってきたということか。

「卒業証書を持っている人がいるってことは、式はもう終わってる、ってことだよね」

陽太郎が言うと、杏奈もうなずいた。

「そうだね。式のあと伯父は駅前に行った」

「電車に乗ってどこかに行こうとしてたのかな？」

「それはわからない。けど、問題は、いまの伯父がこの世界でどこに行くか、でしょ？　やっぱり大学なんじゃないかな。親しい友だちがまだ大学にいる、とか……」

杏奈がつぶやく。

「親しい友だちってゼミ仲間とかかな？」

「ゼミよりサークルじゃない？」

杏奈が答える。

「サークル？」

陽太郎は首をひねった。

前に弘一と大学の話をしたとき、サークルのことも訊いた。

——写真部ってあったんですか？

——ああ、あったな……。

弘一の表情が少し曇った。

――先生は写真部、はいってなかったんですか？

――あ、ああ、まあな。はいってたよ。って言っても、ほとんど幽霊部員だったから、部のことはなにも知らないんだ。

笑ってそう言い、すぐ別の話になった。

「サークルに親しい人なんていないんじゃない？　先生、写真部だったけど、ほとんど幽霊部員だったって言ってたよ」

「うそ？」

杏奈がきょとんとした顔になる。

「幽霊部員なんかじゃないはずだよ。母も祖母も言ってた。弘一は大学時代写真部のサークル活動に夢中だった、って。写真撮影と現像ばっかりしてて……」

意外な言葉に陽太郎は戸惑った。前に本人から聞いたのと話がちがう。どういうことなんだ？

「それは、ひとりで活動してたってことじゃないの？」

「ううん。銀座《ぎんざ》のカメラ屋さんで修業したりもしてたみたいだけど、大学の写真部の活動にもえらく熱心に参加してたみたいだよ。家にいると思えば、ほとんど自分の部屋で現像してる。とにかく写真の虫で、寝ても覚めても写真だった、って」

寝ても覚めても写真だったのは容易に想像がつくが……。サークルのこと、なぜ隠したんだろう。

「授業もゼミもそれに比べたらいい加減なもので、よくあれで卒業できた、って感じだったみたい。大学でもほとんどの時間は写真部にいたみたいだよ。ライバルみたいな人もいて、張り合ってた、とか」

「ライバル？」

陽太郎にとっては、なにからなにまで聞いたことのない話だった。だが、杏奈が嘘をついているとも思えない。

「知らない？」

杏奈に訊かれ、陽太郎はうなずいた。

「写真部にはほとんど出てないから、くわしいことは知らない、って。ライバルなんて話も初耳だ」

「なんで言わなかったんだろう？」

杏奈がつぶやく。

「隠したいことがあったのかもしれない。気になるな」

なにを隠していたんだろう。先生が写真部だった。それ自体はありそうな話だし、隠さなければならない点はない気がする。となると、写真部での出来事か。写真部でなにか語りたくないことが起きたのか。

「とりあえず大学に行ってみない？」

「そうだな」

そのまま商店街を抜け、左に曲がる。やや広い坂をのぼっていく。ここは陽太郎も知っている。国分寺駅から大学に向かうときに通る道だ。

「この道はあまり変わってないね」

杏奈が言った。いまはこの通りに出てすぐ向かいに、私立学校がある。この世界にはそれがない。だが、ほかの建物はいまとあまり変わらない。テナントはちがうが、建物自体はそのままだ。

まわりには高い建物はなにもない。空が広かった。のどかな日差しが建物に降り注いでいる。きれいだなあ、と陽太郎は思った。さびしいような、わびしいような、不思議なあかるさ。世界には光があふれている。弘一の言葉を思い出す。

光は美しい。世界は美しい。なんでもない風景にも美は宿っている。弘一から写真を習うようになって、そう感じることが増えた。

ここはほんとうに写真のなかの世界なのだろうか。夢を見ているだけなのではないか。あるいは幻覚。だが、それにしてはリアルで正確すぎる。

道路には車が止まっている。ほんとうは走っているのだろうが、どれも動かず、なんの音もない。店先で水まきをしている人もいる。バケツからまかれた水は、そのままの形で宙に浮いている。雫《しずく》の丸い粒がいくつも空中に止まっていた。

陽太郎は水滴のひとつを指でつまんだ。ほかのものと同じつるっとした質感だったが、引っ張ってみると動く。

動かすことはできるんだ。陽太郎は手のひらに水滴を置き、じっとながめてからポケットに入れた。

交番のある十字路で右に曲がる。住宅の合間に畑も広がっている。街道沿いに歩き、途中で細い道にはいった。

「ねえ、真下くん」

歩きながら、杏奈が陽太郎の方を向く。

「真下くんって、どうして伯父《おじ》のとこで写真習ってるの？　暗室で現像作業してるんでしょ？　いまどき現像なんて必要ないじゃない」

「最初は俺だって学校の写真部にはいってたんだよ。でも、辞めた。辛島先生の写真見て、こんなことやってる場合じゃないな、って思ったから」

「写真ってどの写真？　個展の？」

「うん。個展でじゃなくて、先生のスタジオのリビングで見たんだけどね。動物の毛並の写真」

「真っ黒いやつ？」

「そう。あの作品はほんとにすごいよね。あれを見て、写真ってものに対する考え方が根底から変わった」

「真下くんって、変わってるんだね」

杏奈がくすっと笑った。大人びた顔立ちだが、笑うと子どもっぽくなる。

「いや、うれしいんだよ、身内がほめられるとさ。けど、伯父の写真って、ちょっと変わってるでしょ？　自分と同世代の人があれを好きだっていうのが、ちょっと不思議で……」

訊かれたわけでもないのに、言い訳のように杏奈は言った。

「だいたい、伯父のこと、なんで知ったの？」

「俺、恋ヶ窪高校だったから。辛島先生、むかしは恋ヶ窪高校の写真部の指導に来てたんだよね」

「ああ、そうだったね。暗室がなくなったから辞めちゃったんだっけ」

「そう。部室に先生の写真が残ってたんだ。それ見て衝撃受けて、スタジオに写真を返しに行って、暗室で作業を見せてもらって……弟子入りさせてください、ってお願いした」

陽太郎は笑った。

「伯父がよく認めたねえ。写真部で教えるの辞めたあとは、人に教えるのはもうやめだ、って言ってたのに」

「もちろん最初は断られたよ。わたしは人に教えるのは向いてない、そもそも人が人になにか教えられるなんてできるわけない、って」

「ああ、言いそう」

　杏奈が苦笑いする。

「でも、食い下がってたら受け入れてくれた。いろいろ条件、出されたけどね。自分のカメラを持て、とか、暗室を作れ、とか、一日フィルム一本撮影して現像しろ、とか……」

「やるって言ったの？」

「うん。お金がかかることだからちょっと不安だったけど、カメラは親父が持ってたんだ。暗室は大学にはいったら作るって約束で、先生のところの暗室を借りてた。フィルム一本はなんとかこなしてるよ。撮るのは簡単なんだ。それより現像したあとの方が手間がかかる」

「伯父は現像へのこだわりがすごいからね。うちのお母さんは、写真うまいんだから、そんなことに労力かけてないで、カメラマンの仕事で稼げばいいのに、って言ってるけど」

「辛島先生は撮影の腕もすごいんだけどね。三脚使わなくても全然ブレボケないし、細かいところまでくっきり写ってて……。画面のなか、全部計算して作ってるんだよ。スマホで適当に撮った写真とは全然別物」

だが、弘一にとって、それは生計を立てる手段にすぎなかった。カメラマン稼業は週に四日。あとは暗室にこもっている、と言っていた。

「けど、先生の話だと、いまは写真にそういう精度は求められてないんだ、って。だれでもスマホで簡単に写真撮れるし、あとで加工もできる」

「きちんとした写真にお金を払う気がない、ってことだよね」

「だから、いまは『インスタでいいねをもらえる撮影術』みたいな講座やるのがいちばん儲《もう》かるかも、って言ってた」

「ああ、インスタ……」

杏奈がげんなりした顔になる。

「嫌い？」

「嫌い」

杏奈は真顔で即答した。

「いや、インスタが悪いわけじゃないけどさ。きれいな写真はいいと思うし。でも、やたらハッシュタグをつけるのとか、自撮りとか……どうも受け入れられない。うちの母親はアカウント持ってるけどね」

「お母さんが？」

「そう。いまはビジネスでもインスタ映えが重要とか言ってさ」

「インスタ映え……」

陽太郎は苦笑いする。その言葉には正直辟易《へきえき》していた。

「お母さん、いまだに現役バリバリの女子だから。会社ではやり手って言われてるし」

杏奈がため息をつく。

「会社員なんだ」

「化粧品メーカーの部長。営業からはいってめきめき出世したみたいだね。言いたいことずばずば言うけど、美人だし、スペックも高いし、目的のためにはなりふりかまわないタイプだから」

「強いんだね」

「もともとの性格もあるけど強くなったんだよね、きっと。ひとりでやってかなくちゃならなかったから。うちの両親、わたしが小さいころに離婚してるんだ」

離婚、という言葉が陽太郎の心を鋭く突いた。

「だから、祖父母の家の近くに住んでるんだよね。お母さんは家のこと全然できないし、帰りがいつも遅いから、深夜までわたしひとりになっちゃうことも多くて。お母さんは絶対いっしょに住みたくない、ってすごいもめて、結局近所に住むことになった。まあ、いまでもしょっちゅう喧嘩《けんか》してるんだけどね」

陽太郎は杏奈の横顔を見た。あっさり言うけど、けっこう大変な思いをしてきたのかもしれない。妙に達観した感じや、母親に対する距離の取り方が、自分より数段成熟しているように思えた。

「祖父母の家は古い喫茶店で……国分寺の商店街のなかにあるの。ホットケーキが売り物なんだけど、近くにおしゃれなカフェやチェーン店ができちゃって、はっきり言って潰《つぶ》れかかってる。まだ辞める気ないみたいだけど、お祖父《じい》ちゃん、お祖母《ばあ》ちゃんももう年だからね。学校から帰ったら手伝うようにしてるんだ」

大人なんだな、と陽太郎は思った。全然甘えたところがない。自分も同級生も、みんな親に対しては要求ばかりしている気がする。だけど、この子は……。

「じゃあ、高校時代、部活とかは……？」

「してなかったよ。団体行動苦手だし、ちょうどいい」

杏奈は、あっけらかんと言って、ははははっと笑った。

陽太郎は、こういう子もいるんだ、と絶句しながら、でも、この子はこれでいいのか、自分のやりたいことはないのか、と少し気になった。

6

大学の正門の前に着いた。門のなかも、門の前の並木道も、袴《はかま》やスーツ姿の学生でいっぱいだ。並木は桜のようだが、花はまだ咲いていない。

「やっぱり卒業式みたいだね」

杏奈が言った。モノクロの人間たちの隙間を歩いていく。みな笑ったり、語り合ったりしている。ジャンプしてそのまま宙に浮かんでいる人もいれば、腕をふりあげて走る姿勢のまま止まっている人もいた。

並んでピースサインを出している人たちの反対側には、カメラをかまえた人が立っている。もちろんフィルムのカメラだ。

「スマホもないし、自撮り棒もない。清々《すがすが》しいね」

杏奈が笑いながら身体を伸ばした。

「そういえば、前に弘一伯父さん、卒業式の日に卒業証書をなくしちゃった、って言ってたなあ」

カメラの前で卒業証書の筒を空に掲げている一群を見ながら杏奈が言う。

「なくした？」

「卒業式の夜の飲み会のあと、酔っ払って陸橋から落とした、とか……」

「そんな大切なものを……」

先生らしいかもしれない。陽太郎は苦笑いした。

「それ、なんの飲み会かな」

「写真部の追いコンって言ってた気が……」

杏奈が思い出したように言った。

追いコンに出ているということは、サークル活動に参加していた、ということだろう。幽霊部員というのは嘘だったことになる。

大学のなかにはいると、広場にも人があふれていた。真ん中に池と木のある盛り上がった場所がある。たしかいまは中央はすべてウッドデッキで覆われていたはずだ。木はそのままだが、池はない。

広場の両側には四角い建物。正面には時計塔と校舎が並んでいた。時計塔の前の芝生には大きなベニヤの看板が立っている。学生運動系の手書きの看板だ。

「たしかあっちが図書館で、こっちは自然科学系の校舎だったと思うよ」

両側の建物を指しながら杏奈が言った。

「そうなんだ」

陽太郎はぼんやり答える。

「見学には来たけど、そこまではっきり覚えてないな」

「わたしは伯父《おじ》に連れられて、何度も来たことがあるから。大学祭なんて、何回も来たよ」

「そうなのか」

図書館の方は、いまの建物とかなりちがう。いまは広場に面した側はガラス張りで、一階にはカフェも入っている。だが目の前の建物はコンクリートで覆われ、もっと重厚な印象だ。

そういえば説明会のとき、最近大規模改修を行った、と聞いた。自然科学系の校舎の方も外見は若干ちがうが、こちらは表面に手を加えただけのように見える。

「さて。大学には着いたけど、どうする？」

陽太郎は言った。

「まずはサークルの部室に行ってみようよ。伯父の大学時代は、いまのサークル棟とは別のところにあったみたい」

モノクロの人々をよけながら、杏奈は慣れた感じで広場を歩いていく。ふたりのほか、色のついた人間はいない。そのまま講義棟のあいだを抜ける。こちらもいまとはちがって、コンクリート造りの四角く古めかしい外観だ。

「ああっ、あれが伝説のサークル長屋か！」

裏の通りまで出たとき、杏奈が叫んだ。

「サークル長屋？」

陽太郎は杏奈の視線の先を見た。木造平屋の古い建物が建っていた。たしかあのあたりは、いまは環境教育実践施設の管理棟になっていたはずだ。裏に菜園があったのをよく覚えている。

「うっわー、ボロい。伯父さんの言った通りだ」

木造の相当古そうな建物だ。建物……というより、火事や地震のことを考えると、危険物とみなされるレベルだ。このころはこんな建物が許されていたのか。

「いまのサークル棟は、あっちにあるんだけどね」

杏奈が遠くの建物を指す。コンクリートの白く四角い建物だ。

「あれができる前は、ここにサークル長屋っていう古い建物があったんだ、って伯父がむかし言ってたんだよ。写真部の部室もここにあった、って」

少し先の窓から外に出ようとしている人の姿が見えた。片足を宙に浮かせたまま止まっている。道側の腰高窓の前に台を置き、そこを出入口にしているようだ。

陽太郎は呆気《あっけ》にとられた。これ、施錠は……？　治安は……？

「全学連《ぜんがくれん》」や「三里塚《さんりづか》」などと書かれた手書きのポスターがあちこちに貼られ、ベニヤ板で作った看板が立っている。と思うと、外の道に卓を出して麻雀をしている学生たちもいる。いまの常識では考えられないような無秩序さ。大学ってむかしはどこもこんなだったのか？

「想像以上だね、ここ。でも、楽しそう。えーっと、写真部は……」

杏奈はうきうきした表情で真ん中の入口から建物にはいりこんだ。

いや、ほんとにこれはまずいだろう。陽太郎は眉をひそめた。破れた椅子に木材、ゴミや廃物まがいのものが廊下にあふれている。案内板で写真部の文字を見つけ、ゴミ（ではないかもしれないが）をよけながら進んだ。

だが、廊下側の扉は内側から完全に閉められていて、はいれない。さっき見た表の窓からはいるしかないらしい。

「みんな、さっきの通り沿いの窓から出入りしてたみたいだよ」

陽太郎は杏奈に言った。

「窓？」

「さっき外から見たんだ。人が窓から出ようとしてるとこ。みんな腰高窓の前に台を置いて、強引にそこを出入口にしてたみたいだね」

「そうなの？　めちゃくちゃだね。最高」

杏奈は呆《あき》れたように笑った。だが楽しそうだ。陽太郎は杏奈の適応力に感心するような呆れるような、複雑な気持ちになった。

外側から部屋を順に見ながら、写真部を探す。窓の上や下にサークル名が書かれた看板が打ちつけられている部屋もあった。

「ここじゃない？」

杏奈が立ち止まる。窓の下に「来たれ、新入部員。写真部」というチラシが貼られていた。窓は開いている。杏奈が台の上にのぼり、なかをのぞこうとしたとき、どこからかうめき声が聞こえた。

「杏奈……」

杏奈が声のする方を見る。

「伯父さん！」

驚いたように声をあげる。台の下にカラーの弘一が横たわっていた。

「やっぱりここにいたんだ。大丈夫？」

杏奈は台をおりて弘一に手を差し出す。

「大丈夫……とは言いがたいな。そんなことより、なんでここに……。ああ、陽太郎。お前が引き伸ばし機に触ったのか」

うしろにいる陽太郎に気づき、弘一は言った。

「すみません、ネガがセットされたままで……気になって、つい……」

「触るな、って言ってたのに……。まあ、いい。いまはむしろ、助かった。どうにもならなくて……痛たたた……」

弘一が足をさする。

「くじいたの？」

「そうみたいだ」

「もしかして、あの窓から？」

杏奈が心配そうに訊《き》く。

「そうそう。写真部のなかから、外に出ようとして……この窓枠、大学時代は何度も出入りしてたからね。足場はけっこう不安定なんだが、目をつぶっててもジャンプして出られた。ついむかしのことを思い出して、窓枠から跳んで……着地したときにつまずいて……ひねった」

弘一は靴を脱いでいた。ひねったところが腫《は》れて、靴を履けないようだ。

「ちょっと……もう年なんだから」

杏奈が叱るように言った。

「いや、わかっているつもりだったんだが、つい感覚がむかしに戻っちゃって……だが、身体はついていかなかった」

弘一は申し訳なさそうに笑う。

「まあ、それはいいとして……。お前たち、ここに来てどれくらい経つ？」

弘一に訊かれ、杏奈はスマホを見た。圏外だが、時間はわかる。

「暗室に入ったのは三時半ごろだったよね。ってことは、一時間ちょっとかな」

「そうか。けっこう……早かったな」

弘一は感心したように言った。

「まあ、行くとしたら大学、怪しいのは写真部かな、って……」

杏奈が答えた。

「なかなかいい勘だ。じゃあ、ふたりとももうなんとなくこの世界のことはわかるよな。異様な事態だし、いろんな可能性を考えたと思うが……」

「え、ええ、それは、まあ……」

陽太郎はあいまいにうなずいた。

「はじめに言っとくと、これは夢じゃない」

弘一が笑った。

「写真の世界……ですよね。信じがたいですけど」

陽太郎は真面目な顔で返した。

「その通り。わたしも理屈はわからん。でも、あの引き伸ばし機を使うとときどき起こるんだ、この現象が」

「どうやったら元の世界に戻れるの？」

杏奈が訊く。

「戻るのは簡単だ。お前たち、わたしを見たか？　若いころのわたしを」

「はい、見ました」

「カメラ、かまえてただろ？　あのレンズをのぞけばいいんだ。ただ、いまは……そこまで歩けないってだけ」

弘一が苦笑いした。

「いや、助かったよ。このままここで数日動けずにいたら……。死ぬところだった。こんなところ、だれも助けに来てくれないもんなあ。歩いてたかだか十五分なのに、歩けずにここで死んで……死体は見つからないから行方不明、ってことになって、あの引き伸ばし機も処分されて……いやいや、危ないところだった」

「危ないところだった、じゃないよ」

杏奈が怒ったように言った。

「とにかく、帰りましょう。その足、骨折してるかもしれませんよ。駅まで俺が背負いますから」

「申し訳ない。ここで見るべきものはもう見たし……いったん、戻るか」

「いったん、ってどういうこと？」

杏奈がまた突っかかる。

「いや、まあ……いろいろ事情があるんだよ。くわしいことは向こうに帰ってから話す。まずは駅に戻ろう」

弘一は痛みのせいなのか一瞬顔をしかめ、立ちあがった。

「大丈夫ですか」

陽太郎は手を貸し、そのまま弘一を背負った。


弘一は細身だが、筋肉質なのだろう。見た目より重かった。休み休み駅前に戻り、いったん弘一をおろす。身体が浮きあがるようだ、と陽太郎は思った。

「で、カメラのレンズをのぞけばいいんだよね？」

杏奈が弘一に訊く。

「そうだ。でも、写真を撮るときみたいにファインダーをのぞくんじゃなくて、被写体側からレンズをのぞく」

「こう？」

杏奈がカメラに近づく。

「ただし、問題がある」

レンズをのぞこうとする杏奈を制するように弘一が言った。

「問題？」

杏奈がふりかえる。

「一枚の写真にはいりこむことができるのは一度きり、ってことだ」

弘一は杏奈と陽太郎を見つめた。

「いま、この写真にはわたしがいちばんにはいりこんだ。わたしがこの世界にいるうちは扉が開いている状態になる。だからお前たちもあとからはいって来られた。だが、なかにいる人間が全員外に出たら、その写真の扉は閉じてしまう。二度と開かない」

弘一の言葉に、杏奈がぽかんとした。

「でも、帰れるんでしょ？　それのどこが困るの？」

「いまは困らない」

弘一が苦笑いした。

「でも、この世界でまだ見たいものがある場合は……そのチャンスがなくなるってことですよね」

陽太郎が言った。

さっきの大学の風景を思い出す。卒業式のあと、浮かれている学生たち。このときからもう三十余年の年月が経って、あそこにいた学生たちはみな、いまは弘一と同じくらいの年齢になっている。現実には、もうどこにも存在しない世界だ。

「そういうことだ」

弘一がうなずいた。

「一種のタイムマシンのようなものなんですね」

陽太郎は言った。

「厳密にはタイムマシンとはいえないがね。この世界ではなにも動かないし、だれともしゃべれない。過去を変えることはできない。できるのは見ることだけ」

弘一が嚙《か》みしめるように言った。

「でも、この世界に来れば、すでに死んでしまった人の姿も見られる……」

杏奈がつぶやいた。

「そう。その写真に写っていなくてもいいんだ。いったん写真の世界にはいってしまえば、なかはずっと続いている。同時刻であればどこでも行ける」

「この世界、どこまで続いてるんですか？」

「むかし試したが、歩ける範囲はずっと続いていた。ただ、移動手段がない。この世界の車や電車は動かないから」

「なるほど……」

陽太郎はうなずいた。でももし交通手段を持ちこむことができたら？　そうしたらどこまで行けるんだろう？　海の外にも世界はつながっているんだろうか。

「というわけで、できることは限られているんだが、それでも役には立つ。たとえば、当時自分と離れた場所にいた人がそのときなにをしていたか、見ることはできるだろ？　犯罪の現場を見ることだって可能だ」

「じゃあ、迷宮入り事件を解決することもできるってこと？」

杏奈が目を輝かせる。

「もっともここで見たことは証拠にはならないけどね。なにしろこの場所自体あやしげなものだし、ここでは写真も撮れない。何回か試したことがあるけど、現像してもざらざらした灰色の画面になるだけだった」

「でも、現実世界に戻ってから、それを頼りに証拠を探すことはできるよね」

「そう。そういう意味では役に立つ」

「ものを持ち帰ることはできますか？　さっき水滴をつまんだら、動かすことができた。だから持って来たんですけど」

陽太郎はポケットからさっきの水滴を取り出す。

「できない。この世界にあるものを動かすことはできる。この世界にいるあいだ、持ち歩くこともできる。だが、持ち帰ることはできない。出入口を抜けると、消えてしまうんだ。どういう仕組みか知らないが」

「そうなんですか」

ということは、これも帰れば消えるということか。陽太郎は水滴をじっと見た。

「写真に写っている範囲のものを動かした場合も、外に出てもう一度写真を見ると、もとに戻っていた」

「不思議だね」

杏奈も水滴を見つめる。

「この世界のことは話すと長くなる。帰ってからにしよう。ともかく、一枚の写真にはいれるのは一度だけ。はいった人が全員写真から出てしまうと、扉が閉じて、二度と開かない」

「つまり、いま俺たちがここを出たら、この世界には二度と来られないんですね。だから、いまここで見たかったものは、出る前に見ておかなければならない、と」

陽太郎は弘一をじっと見た。

「で、先生はいいんですか？」

「ああ。大丈夫。ここで見るべきものは見た。まだ探しているものはあるが、ここでは見られないとわかった」

弘一はうなずいた。

陽太郎はモノクロの弘一をながめる。手に持っている袋から筒がはみ出していた。卒業証書か。なくしてしまった、とさっき杏奈が言っていたが、このときはまだ持ってるんだな。

「ともかくいまは戻ろう。くわしい話は帰ってからする」

弘一はそれだけ言うと、カメラのレンズをのぞきこんだ。


「うわっ」

「いたっ」

薄暗い部屋のなか、杏奈と陽太郎の声が響いた。どうやら陽太郎は思いっきり杏奈の足を踏んでしまっていたらしい。

「あ、ごめん」

陽太郎はあわてて足を上げる。そのとき部屋が明るくなった。弘一が電気をつけたようだった。

「あ、暗室だ……」

杏奈がぼんやり部屋のなかを見まわす。

「帰ってきた……みたいだね」

そうつぶやいて、大きく息をつく。

陽太郎はあわててポケットに手を入れた。水滴はなくなっている。濡《ぬ》れている形跡もない。やはりあの世界のものは持ち帰れない、ということみたいだ。

「ええと、まずは病院に行かないと」

杏奈が弘一を見た。

「いや、まあ、ひねっただけだから、固定しとけば……」

弘一が苦笑いする。

「痛いんでしょ？　骨折してたらどうするのよ」

「歩いてすぐのところに整形外科があったと思うけど……」

「ああ、あったあった。角のところな。行ったことはないけど……ええと、なんて名前だったっけ」

弘一がうーん、とうなる。陽太郎はポケットからスマホを取り出した。時刻は六時五分。検索すると、どうやら六時半まで診療しているらしい。

「じゃあ、すぐ行かなきゃ」

杏奈が陽太郎を見る。

「そうだね。じゃあ、行きましょう」

陽太郎はふうっと息をつき、弘一に背中を差し出した。


終了時間ぎりぎりになんとか病院に滑りこんだ。レントゲンを撮ったところ、骨折はしていなかった。ただかなりひどい捻挫《ねんざ》らしく、一週間はテーピングをした状態で松葉杖《まつばづえ》をつけ、と言われた。

病院で松葉杖をレンタルし、痛み止めを受け取る。

「これ、どうやって進むんだ」

松葉杖をつくのははじめてらしく、弘一は歩き始めてすぐに悲鳴をあげた。

「むずかしいし、すっごい疲れるんだけど、これ」

十歩くらい歩くと立ち止まり、ぜいぜいと肩で息をしている。

「もう一度背負いましょうか？」

「いや、いい。一週間はこれと付き合わなくちゃならないんだ。慣れないと」

ふつうならスタジオまで歩いて二、三分だが十分以上かかり、着いたときには汗だくになっていた。

痛み止めを飲んで痛みは薄れたようだが、家には食料もほとんどなく、このまま放って帰るわけにもいかない。杏奈は家に電話して、弘一が捻挫して立てないから、夕食を作っていっしょに食べて帰る、と言った。

陽太郎はメッセージだけ送ることにした。外で食べてから帰る、と送ると、祥子から、わかった、という一言だけのメッセージが返ってきた。あとで十羽から、お母さんとふたりで気詰まりだった、と文句を言われるかもしれないが、仕方がない。

杏奈は夕食の準備のため、棚にあるものを物色し始めた。それからノートを破ってさらさらとメモを書き、陽太郎に、これだけ買ってきて、と言って手渡した。野菜や肉、魚、豆腐、納豆、牛乳などの文字が並んでいる。家事をかなりまかされているのかもしれない。手慣れた感じだ。陽太郎はメモを手に近くのスーパーに向かった。杏奈のリストにしたがって、カゴに商品を入れる。切り干し大根だの高野豆腐だの、むずかしそうな食材も交ざっていて探すのに時間がかかった。

スタジオに戻って買ってきたものを渡すと、杏奈は無言で切り干し大根と高野豆腐を水で戻し、野菜を切りはじめた。手伝おうかと思ったが、あまりに手際が良くて、手を出せない。仕方なく、弘一に頼まれた雑用の方を片づけることにした。

ごはんが炊けるころには、小松菜と高野豆腐の含め煮、切り干し大根の煮物、冷奴《ひややつこ》、焼き魚という立派な和風のおかずが食卓に並んだ。

「辛島さん、すごいね」

陽太郎は驚いて杏奈の顔を見た。陽太郎の家ではハンバーグ、グラタン、シチューのようなものが食卓にのぼることが多く、こういうおかずは祖父母の家でしか見たことがない。

「いつもおばあちゃんと作ってるから」

杏奈はにこりともせずに、ぐいっと豚汁のはいったお椀《わん》を突き出した。

「杏奈は彩月《さつき》よりずっと料理が上手《うま》いからなあ」

弘一は笑って、切り干し大根をつまんだ。彩月というのは、杏奈の母親であり、弘一の妹である人のことだろう。

「お母さんの方がずっと美人だけどね」

杏奈は目を伏せたまま真顔で言った。

「そうなの？　お母さん、辛島さんと似てる？」

「全然似てない」

即答である。

「もっとはなやかだし、むちゃくちゃ美人」

陽太郎は、辛島さんもじゅうぶんきれいだけど、と思ったが、口には出すのはやめた。杏奈は、そんなことないよ、と言ってもらうためにこういうことを言う面倒臭いタイプではないように見える。

「あいつは化け物だからな。ぜんっぜん歳を取らない」

弘一も笑った。

「化粧品会社だからね。顔は商売道具なんだってさ。かと言って、厚化粧はダメ。大事なのは肌の美しさだっていつも言ってる」

杏奈ははあっと息をついた。

華やか、むちゃくちゃ美人、化け物、歳を取らない……。なんとなくどんな人か想像がつく気がした。

豚汁も魚も煮物も美味《おい》しく、三人ともしばらく無言で食べ続けた。

「さて」

一息ついたところで、弘一が口を開いた。

「じゃあ、あの世界のこと、ちゃんと話しておかないとな」

陽太郎も杏奈も弘一をじっと見た。

7

弘一によると、あの引き伸ばし機は、弘一が若いころ通っていた中古カメラ屋の店主からもらったものらしい。

カメラ屋の店主と出会ったのは、弘一が大学一年生のとき。そのころは叔父《おじ》のお古の国産のカメラを使っていたが、どうしても欲しいカメラがあった。ライカM3。ロバート・キャパ、アンリ・カルティエ＝ブレッソン、木村伊兵衛《きむらいへえ》、土門拳《どもんけん》も愛用したカメラだ。

大学に入学し、写真部にはいってすぐのころのことだ。プロのカメラマンに弟子入りした先輩がいて、弘一も撮影の手伝いに引っ張り出されたことがあった。そのときカメラマンの持っていたライカM3を触らせてもらったのだ。

ファインダーをのぞいたとき、背筋がぞくっとした。目で見ている空間のなかにファインダーのフレームがぴったりはまっているように見えた。人間が目で見るのとほぼ同じ遠近感、倍率でものが見えるように作られているらしい。

そして、くしゅっという小さなシャッター音と独特の感触。

どうしても同じカメラがほしくなった。高価なものらしいと知ってはいたが、あきらめられない。

カメラマンに訊《き》くと、銀座の小さな中古カメラ屋を紹介された。品揃えがいいとは言えないし、安くもない。でも、品質の良いものしか売らない、そこのものなら信頼できる、と言われた。

はじめは迷った。一九五四年、M3発売当時の価格は二十八万円だった。大卒初任給が一万円の時代だ。高級車並みの価格と言っていい。製造は六〇年代まで。弘一の大学時代には中古しかなかったが、それでも高価で、学生がおいそれと買えるものではなかった。

だが、そのころは塾講師や家庭教師をすればいい金になった。まわりにはバイトで稼いだ金で中古車やバイクを買っている連中もたくさんいた。弘一もライカを買うために何ヶ月も必死でバイトした。

ある程度金が貯まり、まずはカメラマンから教わった店に行ってみることにした。相場は調べたが、その店でいくらくらいの値がついているかわからない。まだ買えないかもしれない。はじめは見るだけ。そう思いながら、それまで行ったことのない銀座という街に出かけた。

華やかな街並みに驚き、カメラマンからもらった地図を頼りにそのカメラ屋を探した。裏通りの路地にあり、間口は狭い。おそるおそるなかにはいった。

そのとたん、またしても驚いた。なかは意外なほど広い。そして、カメラマニア垂《すい》涎《ぜん》の名機たちがずらりと並んでいた。三十五ミリの一眼レフだけじゃない、二眼、「シノゴ」と呼ばれる4×5インチカメラ、「エイト・バイ・テン」と呼ばれる8×10インチカメラも並んでいる。

一眼レフのなかにライカM3もあった。だが、ついている値札を見て驚いた。ほかの中古屋の相場よりかなり高い。だが、ものがいいことは一目でわかった。

――M3、探してるの？

声がしてふりむくと、目の前に小柄で白髪の男がいた。

眼鏡の奥の小さな目がじっと弘一を見ている。貧乏学生が生意気だと思われたかな、と弘一は緊張した。

――いえ、まだ買えないんですけど……。

自信のない小さな声になる。男は小さな目をぐっと見開いた。

ここで舐《な》められるのは嫌だ。弘一は背筋をのばし、唇を嚙《か》んだ。

——いまお金を貯めてるんです。今月末に塾のバイト料がはいったら買える。そしたら、また来ます。

カメラ本体だけでなく、レンズも買わなければならないのだ。今月末の給料ではほんとはまだ少し足りない。

——今月末までこのカメラがあるかどうかわからないが……。ちょっと触ってみるかね？

男はガラスケースを開けた。

——いいんですか？

——かまわないよ。M３はほかにもある。みんな少しずつちがうからね。製造年によって機能も少しちがう。ここにある機械はどれもきちんと整備してあるから、撮影には問題ない。でも、人の手で作られたものだし、前に使ってた人のくせもあるし、シャッター音とか、押したときの感触とか……。

男は棚のなかからM３を数台出してきて、机に並べた。男にうながされ、弘一はおそるおそる手を伸ばした。慎重に手に取り、手のひらにそっと載せる。素晴らしい。

思わず息が漏れる。我を忘れてカメラをかまえた。

――のぞいてごらん。なんと言ってもファインダーがM3の命だから。

無言でうなずき、右目をファインダーに当てる。四角く切り取られた風景が実景に貼りつくように浮かんでいる。

弘一はいったんカメラから目を離し、大きく息をついた。以前カメラマンのカメラを持たせてもらったときは、よく知らない人のものだから緊張していたし、まわりにたくさん人がいて落ち着かなかった。

だが、いまはしずかだ。カメラは手のひらにしっくりと馴染《なじ》み、目がファインダーに吸いこまれた。

――シャッターも切っていいよ。

男に言われ、ふるえる指でシャッターを切った。

くしゅ。

小さな音。シャッターのおりる感触が手のひらを通り、身体に広がってゆく。

――いいですね。やっぱり、すごくいい。

弘一は大きく息をついた。

――写真はね、撮らないと上達しないよ。時は金なり。撮りはじめるのが一ヶ月遅れれば、一ヶ月損をする。若い人は一ヶ月くらい、って思うかもしれないけど、若いころの一ヶ月は貴重だよ。そこで出会ったものを吸収できるかどうかで、人生が大きく変わることもある。だから、写真を撮りたいと思ったなら、とにかく一刻も早く自分のカメラを手に入れた方がいい。いや、手に入れなきゃダメだ。

男の口調はやわらかいが、目は鋭く、弘一はたじろいだ。

――だけどね、焦って安いものを買ってもいけない。いいカメラっていうのは、やっぱりそれだけのことはあるんだよ。

男がさっき弘一が手にしたカメラを持ちあげ、手に載せる。

――君は、写真ってなんだと思う？

男がこっちを見る。弘一は答えに詰まり、少し考えた。

――日本語では「真実を写す」って書く。だが、英語ではphotograph。「光」を表す「photo」に、「描く」を表す「graph」。「光が描くもの」、つまり「光画」。むかし新興写真を数多く紹介した「光画」という雑誌があってね。短命だったが写真史のなかでは重要な雑誌だ。

光が描くもの。弘一はその言葉に胸を射られた気がした。

――カメラっていうのは、光を受け取る機械だ。光という繊細な筆の跡をどれだけフィルムに載せられるか。考えに考えて作られている。だからカメラは、カメラの初心者なんかよりずっと光のことをよく知っている。

男はカメラをかまえた。

――だれでも光のことをカメラから教わるんだ。カメラに導かれて、光の世界に行く。カメラは「師」なんだよ。「師」がよければ、たくさん学ぶことができる。だから、最初のカメラ選びは大切だ。安いカメラでは高い場所まで行けない。授業料だと思って、いいものを買った方がいい。

男が弘一を見る。

――だからね、M3を選ぶのはいい選択だよ。

そう言って、にやっと笑った。カメラの質は落とすな。できるだけ早くはじめろ。どちらもその通りだ。だが、このふたつは両立しない。

――でも、先立つものが……。

弘一は素直に言った。この人には若造が変に虚勢を張っても無駄、見透かされるに決まっている、と腹をくくった。

――それはまあ、仕方ないな。

男は、ははは、と笑った。

――いまここにあるなかで、いちばん状態がいいのはこの機械だ。

男はさっき弘一が手に取ったカメラを指した。

――中身も完璧《かんぺき》。外側も製造時のまま。大事に使われていたんだろう、修理はまったくしていない。だが、わたしが薦めるならこっちだな。

男はその横にあった機械を手に載せた。

――こっちも中身は完璧だ。グッタペルカの剝《は》がれもない。つり輪もしっかりしてる。ただ金属部に小さな傷があるから、価格が少し下がる。

そう言って、値札を示した。たしかに最初の機械よりやや安い。それでもレンズの値段を合わせると、今月の給料を全部使っても少し足りない。

――この傷は性能には関係ないし、コレクターは気にするかもしれないが、写真を撮るのに問題はない。

傷とはカメラ裏側の右上部に付いた小さなものだった。

――これくらい状態が良いものがいつもあるわけじゃないから……。もしほんとに買う気があるなら、取り置きするよ。

――ほんとですか？

弘一は身を乗り出した。

清水《きよみず》の舞台から飛び降りる、っていうやつだ。レンズをつけると予算の一・五倍以上。ほかの中古カメラ屋をまわればもっと安いのが手にはいるかもしれないし、そもそもライカをやめればもっと安くなる。先輩はニコンを薦めてくれたし……。

――お願いします。

気づくとそう答えていた。

結果として、その判断は正しかった。いまでもそう思っている、と弘一は言った。店を出て銀座の街を歩きながら、弘一は街を見まわした。行き交う人々。ビルに降り注ぐ光。これを全部撮ることができる。あのカメラで。やった、と思わず叫びそうになる。いてもたってもいられなくなって、やみくもに道を走った。

少しでも早くあのカメラを手にいれたい。バイトの回数も増やした。友だちの誘いも断り、塾だけでは足りないので道路工事の臨時バイトまで入れて、給料日を指折り数えて待った。あの「くしゅ」というシャッター音を夢に見ることもあった。

一ヶ月が経ち、給料を受け取ると、弘一はその足で夜の銀座に向かった。

昼とはかなり雰囲気がちがう。裏道には大人の男女が行き交い、どこかあやしい気配が漂っている。行き慣れた新宿歌舞伎《かぶき》町のざわざわしたいかがわしさとはちがう。欲望を内側でふつふつと燃やしているような、底の知れない気配だ。

高揚した気持ちで、道を急いだ。店は開いていた。もう閉店近い時間だったのか、なかに客はいない。この前のあの男がひとりカウンターの奥に立っていた。

——いらっしゃい。

弘一を見ると、男はうれしそうに微笑んだ。

——今日あたりかな、と待ってたんだよ。

男はうしろの棚を開き、なかからこのあいだのM3を出してきた。夢にまで見た機体を目にして、弘一は、やっぱりこれに決めてよかった、と思った。

閉店時間ぎりぎりだったようで、男は店の入口を閉め、弘一にカメラの使い方を丁寧に教えてくれた。

——カメラを手に入れたら、次は暗室だな。

ひととおり説明が終わると、男は言った。

写真部の部室にも暗室はある。だが、共用なので混んでいるとはいれないし、夜、急に思い立ったときに使うこともできない。

——大学で写真部にはいってるので……。そこの暗室を使ってるんですが。

——なるほど。写ってるものがなにかわかる、その程度の写真なら、共同の暗室でもいいだろう。でも、ほんとうに自分の写真を作り上げたいなら、自分の暗室を作らないとな。

——自分の写真？

——そうだよ。現像というのは厳密なものだ。薬品のコンディションは自分で管理しなくちゃいけない。それに現像こそがクリエーションなんだから、落ち着いて作業できる自分の空間を作らないと。

男の言葉を聞いて、弘一は目から鱗《うろこ》が落ちる思いだった。部室の現像液には使用法や交換時期にルールがある。みんな守って使っているはずだが、絶対とはいえない。そんな薬品で厳密な現像ができるわけがない。

——でも、うちはそんなに広くないから……。家族もいるし、暗室に使える部屋なんてないんですよ。先輩たちは風呂場《ふろば》を暗室にして使ってる、って言ってましたけど……。

——風呂か。そんな不安定な場所じゃ、いい作業はできないよ。自分の部屋はないのか？

——ありますよ。でも、水道が……。

——暗室に水なんかいらない。水道が必要になるのは、現像の終わったフィルムや印画紙を水で洗うときだけ。そのときはもう暗くなくていい。暗室から出して、水道まで持って行けばいいんだよ。

——なるほど。

言われてみればそうだ。水道はいらない。ならばふつうの部屋でいい。暗室専用の部屋を作るんじゃない。自分が暗室に住めばいいのか。

——そんなにスペースも必要ないよ。引き伸ばし機を置く机、それから現像、停止、定着のバット三つが置ける台があればいいんだ。押入れを改造する人もいるみたいだけど、引き伸ばし機はちゃんとした机に置いた方がいい。

——なるほど、それなら……。

作れないことはない。弘一の部屋は六畳。窓があるが、雨戸がついているので、それを閉めればいい。隙間だけなにかで塞《ふさ》いで……。いろんなものを犠牲にしなければならないが、不可能じゃない。

——まあ、引き伸ばし機を買うために、また少しお金を貯めるんだな。うちにも暗室用品はそろってるから。

——そうなんですか？

弘一は部屋を見まわした。カメラしか見あたらない。

——引き伸ばし機は奥の部屋にあるんだよ。

男は部屋の隅にあるカーテンを開けた。短い廊下を抜けると、さっきより少し狭い部屋に出た。棚にはずらりと引き伸ばし機が並んでいた。

それから、引き伸ばし機に関する説明を聞いた。光源、照明方式、引き伸ばしレンズなど、引き伸ばし機にも種類があること、写真の仕上がりにカメラ同様、引き伸ばし機の性能が影響することなどなど。写真部の暗室作業では考えたこともないようなことばかりだった。

店を経営するくらいだから機械にくわしいのはあたりまえだが、暗室作業に熟練していなければわからないことも多いように感じた。カメラにもくわしかったし、扱い方も手馴《てな》れている。

――もしかしたら、写真の仕事をしてらしたんですか。

弘一は思い切って訊《き》いた。

――ああ、してたよ。もうずっと前のことだけどね。

男は深く息をついた。

男は西條明《さいじょうあきら》と言い、かつては有名カメラマンだった。一九六〇年代から雑誌カメラマンとして活躍し、仕事のかたわら、公害問題に関心を持ち、水俣《みなまた》に関する写真集でも話題を集めた。舞台写真でも有名で、暗い劇場でもフラッシュを使わず、ブレずに躍動感のある写真を撮る技術は、マジックと呼ばれていたらしい。

――写真と光のことを徹底して考えたのは、舞台写真を撮っていたからだと思うよ。だんだん雑誌の仕事が嫌になって、オリジナルプリントで勝負するようになったんだ。そうなると、撮影と同じくらい、いや、それ以上に暗室での作業が重要になる。だけど、時代が変わったんだよな。そういう写真は求められなくなった。

西條は目を閉じた。

――いまはオートフォーカスのカメラが増えて、だれでもそれっぽい写真が撮れるようになった。

さびしそうに言って、遠くを見る。

——だが、オートフォーカスってなんだ？　人の顔の写真でも、鼻にピントが合ったものと、目にピントが合ったものは全然別物だよ。目でも、まつげに合わせるか、瞳《ひとみ》に合わせるか、それとも瞳に映った風景に合わせるか。どこにピントを合わせ、絞りをどれくらいにして、って計算して撮るのが写真。機械に自動で合わせられたらたまらない。

西條の言葉に、弘一はぞくぞくした。まつげに合わせるか、瞳に合わせるか、それとも瞳に映った風景に合わせるか。

——といっても、引きこもっていたら食っていけない。だからこの店をはじめた。

西條は笑った。


それから弘一は西條のもとに通うようになった。

日々ライカM3で写真を撮り、週に一度西條のカメラ店を手伝いに行く。バイト料は出ない。単なる押しかけの手伝いだ。早く引き伸ばし機が欲しいので塾講師は続けていたが、写真以外のことをする時間が惜しくてならなかった。

西條の店の常連客のなかには、カメラマンも多かった。雑誌で名の知れたカメラマンを何人も見かけた。西條の目を信じ、機材はここでしか買わない、という客ばかりだった。

閉店すると、西條は弘一にオリジナルプリントのコレクションを見せた。写真によってパリの街を記録し続けたウジェーヌ・アジェ、独特な植物の近接写真を撮ったイモジン・カニンガム、自ら作り上げたゾーンシステムを駆使しアメリカの自然を描写したアンセル・アダムス。圧倒的な力を持つ写真ばかりだった。

とくに、イモジン・カニンガムの写真は弘一の心を鷲づかみにした。彼女の写真がそれ自体、光と形に関する考察になっていると思えた。植物のありのままの姿を撮影しているのに、ありのままであるがゆえに植物以外のものに見えてくる。彼女が撮影しているのは、植物のフォルムではなく光なのだ。

自分の暗室を作るまで、西條のところの暗室を借りた。フィルム現像までは家で自分で行い、現像したネガを持ってきて、西條のところで印画紙現像を行う。まずはベタ焼き。それから西條が選んだコマを引き伸ばし機を使って8×10サイズの印画紙に現像する。

拡大して、西條の撮った写真と比べてみると、自分の写真の粗さが目立った。こんなにちがうものなのか、と弘一はショックを受けた。ブレていたり、狙った場所にピントがちゃんと合っていなかったり。稚拙で泣きたくなるほどだった。

そうして、通い始めてから三ヶ月、ようやく自分の引き伸ばし機を手に入れたのだ。これまで手伝ってくれたから、という理由で、西條が現像用の小物をプレゼントしてくれた。

家に暗室も作った。そのとき、西條から課せられたことがある。毎日必ず三十六枚撮りのフィルム三本以上撮影し、その日のうちに現像、ベタ焼きまで終わらせる、ということだった。

西條から引き伸ばし機を買ったあとも、弘一はカメラ店に通い続けた。写真で食っていこう、と決め、学生時代からカメラマンのアシスタントを務めるようになり、大学卒業後しばらくしてひとりだちした。

アイドルの写真を撮ったり、商品写真を撮ったり、依頼を受ければどんな仕事でも受けるようにした。そのころはまだ雑誌の仕事がたくさんあったのだ。

西條から言われた一日フィルム三本以上撮影、現像はすっかり習慣になっていて、腕を磨くためにずっと続けていた。ふだんは一日五本。忙しいときでも三本は欠かさず撮るようにした。

そのころは西條の店に行く機会も減ったが、銀座の近くに行ったときには必ず顔を出していたし、足りない機材はいつも西條の店で買っていた。

あるとき久しぶりに西條から電話がかかってきた。九〇年代後半のことだ。相談したいことがあるから店まで来てくれ、と言う。仕事が立てこんで忙しい最中だったが、なんとか都合をつけ、弘一は西條の店を訪れた。

——この店も、そろそろ終わりにしようと思うんだよ。

顔を合わすなり、西條は言った。

——店を閉めるんですか？　なぜ？

突然のことに弘一は驚いて訊いた。

——もう歳だから。

西條は笑った。

——まだまだ元気じゃないですか。

——はじめたことを放り投げて死ぬのは嫌なんだ、自分の手できっちり幕を閉じたい。

人を雇えばまだまだ続けられる気もしたが、後始末を人に任せるのが不安なのかもしれない。弘一はそう思った。

——カメラを売るだけならできる、でも、もうひとつの仕事の方が……。

——もうひとつの仕事？

——君にはまだ話していない、もうひとつの仕事があるんだ。今日来てもらったのは、そのことを話したかったからでね。

西條がじっと弘一を見た。

もうひとつの仕事。ただならぬものであることは、西條の表情を見て察しがついた。なんの仕事だろう？　やはり写真に関わるものなのか。

――ここから先はにわかには信じられないことだと思う。見せるのがいちばんだな。

そう言って、西條は弘一を暗室に連れていった。弘一がこれまではいったことのない、暗室の奥のもうひとつの暗室に。


「そうして見せられたのがあの引き伸ばし機だった。西條さんは『この引き伸ばし機を使うと、写真の世界にはいりこむことができる』と言った。もちろん、わたしも最初は信じられなかった。でも、暗室で見せられた、いや、体験させられたんだ。さっきのお前たちと同じようにね。写真のなかにはいりこみ、あの世界を歩いた」

弘一の言葉に、陽太郎と杏奈は顔を見合わせた。

これまでの話を聞きながら、陽太郎には感じるところが多々あった。弘一から教わった写真に対する考え方、暗室の作り方、毎日フィルムを一本撮影・現像するというルール。弘一から課せられたのが一日一本だったのは、自分がまだ高校生だったからだろう。いずれにしても、それらの元はすべてその西條という男にあったのだ。

「実際に体験したから、あの世界が存在していることはお前たちももうわかるだろう。

だが実は、あの引き伸ばし機を使っただけじゃ、ダメなんだ。あの世界には行けるときと行けないときがあって……」

弘一がなにか言いかけたとき、インタフォンが鳴った。

「はい」

杏奈がインタフォンを受け、答える。

「杏奈？　まだそこにいるの？　弘一、怪我したんだって？」

インタフォンの向こうから女性の声が聞こえた。

「お母さん？」

杏奈が驚いたように言い、玄関に向かった。

8

玄関に立っていたのは、杏奈の母であり弘一の妹、辛島彩月だった。

杏奈から弘一が怪我をしたと聞いた祖父母が仕事中の彩月に連絡し、会社帰りに立ち寄ったということらしい。

「弘一は？」

杏奈の顔を見るなり、彩月は言った。

「奥の部屋にいるよ。捻挫《ねんざ》だし、それほど重傷じゃないみたい。さっき医者に連れてって、みてもらったから大丈夫」

「よかった」

彩月が大きく息をつく。

「病院で松葉杖《まつばづえ》も借りた。まだ慣れてないから歩くの苦労してるけど……。医者は一週間もすれば松葉杖なしで歩けるようになるだろう、って」

「そう。なら大丈夫ね。ところで、そっちの子は……？」

彩月が陽太郎を見る。

彩月はたしかに美人だった。さっき杏奈が、自分よりはなやかで無茶苦茶美人、と言っていたのも、弘一が、化け物、ぜんぜん歳を取らない、と言っていたのも、誇張でないことがよくわかる。

地味な色のパンツスーツだが、顔立ちは女優並みに整っていて、背は杏奈よりさらに高くすらっとしていた。肌もつやつや。陽太郎の母もまわりから若いと言われる方だが、そういうレベルではない。

「彼は真下陽太郎くん。弘一伯父《おじ》さんから写真習ってるんだって」

杏奈が答えた。

「はじめまして。真下陽太郎です。先生から暗室作業を……」

陽太郎はもごもご答えた。

「わたしも今日はじめて会ったんだけど、今年わたしと同じ国分寺大学に入学するらしいの」

「へえ。いまどき暗室作業をねえ」

彩月が陽太郎をまじまじと見る。

「陽太郎くんが伯父さんを病院まで運んでくれたんだよ」

「そうなの？　ありがとう」

彩月はにこっと笑った。

笑うとますます美しい……。まさに魔物だ。陽太郎は一瞬ぼうっとしてから、はっと我にかえった。

似てないって言ってたけど、やっぱり似てるな。隣に立っている杏奈をちらっと見る。切れ長の目も、ほっそりした頰の形もよく似ている。だが、これだけパワーの強い人のそばで生きるのはしんどいだろう。

彩月はどしどしとすごい勢いで居間に向かって歩いていく。杏奈は首をすくめ、はあっとため息をついてあとを追った。

「ちょっと、大丈夫なの？」

椅子に座った弘一に話しかける。

「大丈夫だよ。たいしたことはない。病院で手当もしてもらったし、杏奈が飯作ってくれて……」

「なんで捻挫なんかしたの？」

「いや、ちょっと、高いところから飛びおりようとして……」

弘一も彩月には押され気味のようだ。

「だから、身体鍛えろって言ったじゃない。もう歳なんだからさ、筋力落ちてるんだよ。意識して鍛えないと」

「でも、仕事でよく出歩いてるし……」

「そういうんじゃなくて、ちゃんとジムで筋トレした方がいいよ。週に一度でも行くと気分転換になるし」

筋トレ……ジム……。この人はきっと通ってるんだろうな、と陽太郎は思った。それも若さの秘訣《ひけつ》なんだろうか。

彩月は近くにあった椅子に座り、杏奈の作ったおかずに箸《はし》を伸ばした。弘一に説教しながらぱくぱくつまんでいる。弘一もあきらめたように、はいはい、と生返事しながら聞いていた。

ひとしきり説教すると、彩月は杏奈を連れて帰って行った。

ふたりが出て行くと、部屋は急にしんとなった。

「いや、騒がしかったな。すまない」

弘一が苦笑いする。

「いえ、慣れてます。うちも母と妹がよく喋《しゃべ》るんで……」

そこまで言って、陽太郎は黙った。

厳密に言えば、よく喋ってた、だ。前はそうだった。だけど、両親が不仲になってから、家のなかは火が消えたようになってしまった。

祥子はずっと不機嫌で、十羽は家でほとんど口をきかない。

それに、祥子と十羽は、彩月や杏奈とは似ていない。あんなふうにさばさばと思ったことを口にするタイプではなく、限界まで我慢してから爆発するタイプだ。

それでもふたりのやりとりを見ていると、むかしの自分の家を思い出し、少し気持ちが和んだ。だが一瞬後、あの日々はもう戻って来ないのだ、と苦い思いがふくらむ。

そのくりかえしだった。

「まだ少し大丈夫かな？」

弘一が訊《き》いてきた。

「はい。うちは大丈夫です」

帰りが遅くなると、母はまた不安定になるかもしれない。だが、こちらも春からは大学生なのだ。少し自由にさせてもらいたかったし、いまは弘一の話を聞く方が大事だと感じた。

「そしたら、あの引き伸ばし機の話をさせてくれ。お前に頼みたいことがあるから」

弘一はいつになく真剣な表情になった。

「さっき向こうの世界にいたとき話したよな。行き来ができるのはどのネガも一度きり。はいりこむときに扉が開き、はいりこんだ人が元の世界に戻ると閉じて、二度と行けない。元の世界に戻る方法は、はじめの地点に戻り、この写真を撮ったときのカメラのレンズをのぞきこむこと。覚えてるか？」

「はい」

陽太郎はうなずいた。

「でもその前に、向こうの世界に行くための条件があるんだ」

「条件？」

そういえば彩月さんが来る前にそのことを言いかけていたな、と思い出した。

「あの引き伸ばし機を使っても、ふつうはただネガが拡大されるだけだ。扉が開くには、その時間に行きたい、という強い思いが必要だ。いや、思いというより、もっと不思議なものだな。西條さんは『呼ばれる』って言ってた。その人が見たいと思っているものがその世界にあるときだけ扉が開く」

「見たいものがあるときだけ……？」

「わかりにくいよな」

弘一は苦笑いした。

「ある人が、ある瞬間に存在するなにかを見たいと思ったとする。さっきも説明した通り、場所は移動できる。問題は時間だ。ネガが切り取っている時間は細切れだから、目的のものが存在するドンピシャの時間に行かなくちゃならない。ネガにそのできごと自体が写っていればいいが、そうとはかぎらない。死角のときもあるし、場所が離れていることもある。それだとベタ焼きを見ただけじゃわからないんだ。だが、該当するあたりの時間帯のネガを順に見て行って、ちょうどその瞬間に撮られたものにぶつかると、その世界に『呼ばれる』。扉が開くんだ」

「じゃあ、ちょうどその瞬間を写した写真がない場合は……」

「行けない」

即答だった。

「目的が一瞬のもの、たとえばある瞬間のだれかの表情とか、事故の瞬間の状況だったりすると、行けないことも多いんだ」

「なるほど……」

「西條さんのもうひとつの仕事っていうのは、写真世界の探偵だったんだ。引き伸ばし機の力を使って、依頼人をあの世界に連れて行き、目的のものを見せる。写真の仕事を辞めたあと、その仕事でお金を稼ぎ、あの店を開いた。いや、あの店は表向きの顔で、ほんとは写真世界の探偵の方で稼いでいたのかもしれない」

そこまで聞いてはっとした。

「じゃあ、一日フィルム三本写真を撮れ、というのも……?」

「そうだ。毎日三本写真を撮れ、撮影日と時間、場所を記録しろ。もちろん練習の意味もあるが、時間のアーカイブを作るためだったんだ」

陽太郎は弘一のスクラップブックの棚を思い出した。あそこに並んでいる千冊近いスクラップブック。そこには文字通り、弘一が写真を取り続けてきた時間が詰まっている。

「犯罪の現場を見ても証拠にはならない。でも失くしものを捜したり、忘れてしまったことを思い出したりするためには有効だ。おおっぴらに広告を出したりはしないけど、人づてに客はやってきていたらしい」

「じゃあ、体力が落ちたから続けられない、っていうのも……?」

「そう、こっちの仕事のこと。向こうでは歩くしかないからね。客が求めているものが入口の近くにあればいいが、そうでないことの方が多い。それがどこで起こったかすらわからなくて、探して歩き回ることもある。乗り物はないし、歩くしかないんだ。

万が一ひとりで向こうで倒れたりしたら……」

「戻ってこられない……」

陽太郎はごくっと唾《つば》を呑む。

「向こうでも同じように時間が流れているからね。世界はすべて止まっているけど、なかを探索するわたしたちは疲れもするし、腹も減る。さっきみたいに怪我をすれば歩けなくなる。ふつうの場所と違って、まずだれも救助に来ない。そのまま動けずに死ぬかもしれない。だからなるべくひとりでは行かない方がいい」

では、あのときは……？

弘一はなぜひとりであの世界に行ったのだろう。陽太郎は疑問に思った。

「西條さんはわたしに、この仕事を継いでほしい、と言った。少し迷ったが、引き受けることにした。金になるのもある。だが、それ以上に……あの写真の世界があまりにも魅力的で……抗《あらが》えなかった」

思わずうなずきそうになった。あの世界にいたとき、陽太郎も同じように感じていた。写真の世界にはいりこむ。世界を照らす光のすべてをつぶさに目にすることができる。そのなかにすっぽりと包まれ、歩きまわり……。

あの世界を一度体験したら、忘れることはできない。

「それから西條さんから仕事の方法を学んだ。まずは客の記憶をたどり、求めるものが存在する時刻のネガを探す。目星をつけたら、客といっしょに候補のネガを引き伸ばし機にかける。扉を開くのは客だからね」

「目的の場所が遠くても、扉は開くんですね」

「そうだ。一度客といっしょにこのあたりから湘南《しょうなん》まで歩いたことがある。食べ物と寝袋を持って、二日間歩き続けた」

「じゃあ、もし客の求めるものがもっと遠い場合は……？」

「あまり遠いとむずかしいだろうな。ただしここから遠くても、客が行きたい場所の近くで撮った写真のネガを持っていれば、そこからはいれる。でも、引き伸ばし機を使うから、写真じゃダメなんだ。ネガでないと。写真があっても、ネガがなければどうにもならない」

「写真をもう一度撮ってネガにするんじゃダメなんですか？」

「うん、ダメだね。試してみたけど、ダメだった。それと、現象が起こるのはモノクロフィルムのときだけ。カラーでは起こらない」

つまり、あのすべてが静止した世界は、モノクロのものだけということらしい。

「はじめは西條さんといっしょに仕事していたが、そのうち西條さんから、あとはひとりでやれ、と言われた。そのとき引き伸ばし機をここに持ってきた。表向きは写真スタジオだけど、裏では探偵事務所。銀座の店のころの客から人づてに聞いて、月に数回、仕事を依頼する客がやってくる」

「いまでも？」

陽太郎は驚いて訊いた。そんなこと、まったく気づかなかった。高校のときも、陽太郎がここに来るのは週に一度。それ以外の日に弘一がなにをしているか、考えたこともなかった。

「ああ、いまでも、だ」

弘一はうなずき、湯飲みに残っていたお茶を飲んだ。

「それで、その西條さんという人は……」

陽太郎は訊いた。

「わからない。行方不明だ。仕事に追われてしばらく西條さんのところに行けない日が続いて、久しぶりに立ち寄ると店はもぬけの殻だった」

弘一は大きく息をついた。

「で、ここからが本題だ」

顔をあげ、陽太郎を見た。陽太郎はどきんとした。

「お前にこの仕事を継いでもらいたいんだ」

「え……？」

突然のことに陽太郎は言葉を失った。継ぐ？　俺が？

写真をはじめてまだ二年半。受験で休んでいた期間を考えたら一年半しか経験がない。そんな自分になぜ……？

「なぜですか？　まだ写真の技術もない俺に、なぜ……？」

「急ぐんだ」

弘一は目を伏せた。その表情にただならぬものを感じ、陽太郎は口を閉じた。

ややあって、弘一が顔をあげた。

「実はな。わたしは、目の病気らしい」

じっと陽太郎を見つめる。

「目の……病気……？」

さっき杏奈から聞いた話が頭をよぎった。

「視野が狭くなってきてるんだ。少しずつだったから、はじめは気づかなかったが……。それに、暗いところが見えにくくなってる」

「じゃあ、暗室作業は……？」

「そのうちできなくなるだろうな」

「治るんですか？」

陽太郎の声が震えた。

「治らない。失ってしまった視野はもうもとにはもどらないらしい。治療法もないから、病気の進行もとめられない。このままいくと、一年くらいで中心部以外ほぼ見えなくなる可能性が高いそうだ」

「そんな……」

弘一の写真が頭に浮かんだ。あの仕事はどうなるんだ……？

「カメラマンの仕事もいま請け負っている仕事はなんとかこなせるだろうが、新たに受けることはできない」

肘《ひじ》をつき、指を祈るように組み、額に当てる。

「じゃあ、さっき足を挫《くじ》いたのももしかして……」

「そうだ。飛びおりようとしたわけじゃない。足元が見えてなかった」

弘一は笑ったが、無理に作った笑顔に見えた。

「情けない話だよ。まあ、これまで写真というものに囚《とら》われてきた人生だからな。見えなくなればなったで新しい道が開けて、せいせいするのかもしれない」

弘一は大きく息をついた。

「個展に関してはな、もうやれることはやった気がするんだ。自分なりにいろいろ追求して続けてきたけど、日の目を見ることはなかった。そろそろ諦《あきら》めるべきだって、自分でも思っていたんだ」

一般には受けなかったかもしれないが、あれはすごい仕事だ。陽太郎はそう言いかけたが、口を閉じた。自分ごときが言ってどうなる。悔しくて、歯噛みした。

「潮時だったんだ。だから、そっちはもういい。問題は写真世界の探偵の方だ」

弘一が陽太郎を見た。

「写真探偵の仕事には客がいる。いまでも客が来るんだ。求めている人がいるかぎり、続けなければならない。だからいまのうちに探偵の仕事をお前に引き継ぎたいんだ。教えることはたくさんある。一年で全部教えられるかどうか……」

もし自分が断ったら……陽太郎はじっと考えた。

あと一年しかないのだ。いまからほかの弟子を探すことはできないだろう。

「俺でいいんでしょうか。もっとほかに……もっと技術のある人が……」

陽太郎はおそるおそる言った。

「いや、お前がいいんだ」

弘一に言われ、陽太郎はぽかんとした。

「お前の前にも弟子入りしたい、っていうやつは何人かいたんだよ。写真学校の講師をしていたこともある。だけど、ぴんと来なかった。お前より写真がうまいやつはたくさんいたし……だけど、なんかちがったんだよな」

お前がいい。その言葉に身体が震えた。

大人からそんなふうに期待されたのははじめてだ。これまでだって、親や教師から褒められたことはある。でもそれは、子どもだから。励まして、力を伸ばすために褒めてくれているだけ。小学校低学年のころには、そう気づいていた。

いまはちがう。大人に、大人として評価されたのだ。根拠はよくわからないけど。しかもだれよりも厳しく、自分が尊敬する辛島先生に。こんなことは自分の生涯で二度と起こらないかもしれない。

それにあの世界に行くことができるのだ。ここでノーといえば、二度とあの世界を見られない。ざわざわと心が騒いだ。

だが、探偵の仕事を継ぐ、となれば、このあとの人生すべてに関わることになる。会社員をしながらではつとまらないだろう。生き方自体を選ぶことになる。大きな選択だ。一生写真の仕事をしたい、とは思っていたが、望むところだ、という気持ちと、ここで人生を決めていいのか、と迷う気持ちがせめぎ合っていた。

そもそも、できるのか？　仕事となれば、客の望みをかなえなければならない。ほんとに俺につとまるのか？

「まあ、そう言われて、すぐには決められないよな」

弘一が苦笑いする。

「近いうちにもう一度別の時間に行く。継ぐかどうかは別として、そのときはいっしょに来てくれないか。もちろん、ちゃんと歩けるようになってからだけどな」

「もちろんです。そのときはついていきます」

陽太郎は即答した。

「よかった。ありがとう」

弘一もほっとしたように息をつく。

「ひとつ訊《き》いてもいいですか」

「なんだ？」

「さっきからずっと気になってたことがあるんです。先生はどうしてあの世界にはいっていたんですか。ひとりではいってはいけない、って、言ってましたよね。それに、ひとりで行ったということは、お客の依頼じゃない。先生自身の見たいものがあの世界にあった、ということでしょう？」

弘一は陽太郎の顔を見つめ、はははっと声を出して笑った。

「そういうとこもさ。この仕事にぴったりだよ」

「どういう意味ですか？」

「探偵だからね。洞察力がないとつとまらないんだ、この仕事は」

弘一がにやっと笑う。

「わたし自身の見たいものがあの世界にあったか。半分イエスだ。だが、あの写真では半分しか見つからなかった」

「半分……ですか？」

「そう、半分。手がかりが見つかっただけだ。あと残りの半分はこれから捜さなくちゃならない。まあ、それは話すと長くなるから、また今度話すよ」

弘一がつぶやく。

「あともうひとつ気になっていることが……。先生はなぜ……」

写真部で幽霊部員だったと嘘をついたのか。

そう訊こうとしたとき、陽太郎のスマホが鳴った。母親からのメッセージだった。帰りはいつになるのか、と書かれている。

時間を見ると、九時を回っていた。立て続けに十羽からもメッセージが来て「お母さん、相当怒ってるから早く帰った方がいいよ」と書かれている。

「今日はもう帰った方がよさそうだな」

陽太郎の困ったような表情を見て、弘一が少し笑った。

「そうですね」

話の途中で帰りたくなかったが、さすがにそろそろまずそうだ。陽太郎は渋々うなずいた。

9

陽太郎が家に帰ったときは九時半をまわっていた。祥子の小言を聞く羽目になったが、口答えせずにいたせいか、あまりうるさくは言われなかった。

わたしたちはもうお風呂《ふろ》にはいったから、終わったらお湯を落としておいて、と言うと、疲れているのか、祥子はさっさと寝室にはいってしまった。

十羽の部屋のドアの下から光が漏れていた。最近はいつもそうだ。部屋にこもって本を読んだりスマホを見ていたり。ゲームをしているのか、動画を見ているのか、それともSNSにはまっているのか。さっぱりわからない。

四月から中三だし、もう少し気をつけないといけないのではないか、とも思うが、自分がなにを言っても聞かないだろう。親は、といえば、茂はほとんど家にいないし、祥子は自分のことで精一杯に見える。

「お兄ちゃん？」

立ち止まっていると、ドアが開いた。十羽が陽太郎を見上げる。

「帰ったんだ」

「ああ、悪かったな、遅くなって」

十羽はむすっとした顔になり、うつむく。

「なにしてたの？　また写真？」

「ああ……そうだよ」

陽太郎は言いよどんだ。撮影や現像をしていたわけではない。「写真」のなかにいた。だが、辛島先生のところにいたんだから、あながち嘘ではない。

「なんか、用？」

「どうして？」

「部屋の前に立ってたでしょ？」

「なんでわかった？」

「足音で」

「ああ、そうか。別に用はないんだ。ただ……どうしてるかな、って。メッセージもらったし……」

陽太郎はもごもご口ごもる。

「お母さんとふたりだと息苦しくて。愚痴ばっかり聞かされるし。陽太郎はお父さんと似てきた、面倒なことは全部わたしに押しつける、って」

十羽がうんざりしたように言う。

「別に」

「そんなの、わたしに言われたってさ。お父さんに直接言えばいいのにね……って、もう会話もないし、無理か」

十羽はため息をついた。

「なんかあったの？」

「知らない。でも、昼間おばあちゃんとこでなんか言われたみたいだよ、また」

十羽はあきれたように言った。

「お兄ちゃんはいいよね」

「なんで？」

「ひとりで出かけられるから、逃げられるじゃない。わたしなんか、なんかあるたんびにお母さんに怒鳴られるんだよ。いつもと同じことしてるだけなのにね。ストレス溜《た》まってると、わたしにあたるんだよ」

「ごめん……」

「じゃあ、もういい？　用はないんでしょ？」

十羽はばたんとドアを閉めた。

──面倒なことは全部わたしに押しつける。

俺に対して、十羽も同じように感じているのかもしれない。陽太郎はため息をついた。

孝が亡くなったあとも、房江はひとりで小平の家で暮らしている。ヘルパーは雇っているが、他人相手だと気をつかって言えないことも多いようで、なにかあるたびに祥子を呼び出す。

フラワーアレンジメントの資格を取ったら自分の教室を、と考えていたのに、それもままならなくなった。茂は、母もただきびしいだけ、話したいだけなのだろう、と言っていたが、祥子にとってはつまらない用事で長々と拘束されるのが苦痛だった。

茂の方も会社の業績不振で苦労していた。人手は減り、残業が増え、しかも給料は上がらない。だが、家のことも子どものことも実家のこともすべて祥子に任せているのは事実だ。祥子が、全部わたしに押しつけて、と感じるのは仕方がないだろう。

茂の帰宅はいつも深夜。仕事で忙しいだけでなく、家に居場所がないからかもしれない、と陽太郎は思った。俺だって、家がこうぎすぎすしていると帰りたくなくなる。でも、母さんや十羽からしたら、そういうところも、面倒なことは全部わたしに押しつける、ってことになるんだろう。

この家、このまま壊れていってしまうんだろうか。陽太郎はため息をついた。

風呂にはいり、浴槽につかると、今日の出来事が頭によみがえってきた。

あのモノクロの世界。時間が止まった世界。世界そのものが立体写真になっているような……。時間にしたらせいぜい二時間くらい。あの世界を歩いた記憶が、目の裏をぐるぐる回った。

はじめはなにが起こったのかわからなかった。現実なのか夢なのか。こんなことが起こるはずがない、とも思った。いまも少し疑っている。夜眠って目覚めたら、これは全部夢だった、ということになるかもしれない、と。

陽太郎は湯に深くつかり、目を閉じた。

今日はほんとうは引き伸ばし機を受け取りに行ったんだっけ。いろんなことがありすぎて、すっかり忘れていた。

古い国分寺駅。いまはどこにも存在しない街並み。国分寺大学の古い校舎。卒業式が終わってはしゃぐ人々。

先生は、一枚の写真にはいりこめるのは一度きり、と言っていた。一度開いた扉が閉じたら、もうその世界にははいれない、と。ということは、さっき見たあの瞬間にはもう行けない、ということだ。

あの瞬間には行けない。いや、あれはすべてもう終わってしまったものだ。最初からどこにもない。一九八五年といえば、自分が生まれる前。自分がこの世に存在しなかったころの世界。自分が決して体験できなかった世界。そこに行き、自分の足でその世界を歩きまわった。

モノクロの世界。そのなかを歩きまわるカラーの杏奈の姿が目に浮かんだ。

あの子、最初はきつそうに見えたけど、そうでもなかったな。媚《こ》びたり飾ったりしないタイプ。頭もいい。俺が気づかないことをいくつも指摘していたし、決断も早かった。杏奈がいなかったら、弘一のところまでたどり着けなかったかもしれない。同じ大学にはいるみたいだし、学内で会ったら声をかけてみよう。学科はなんだろう。ふつうの自己紹介、なにもしていなかった。

ぽたん、と水滴が落ちてきて、陽太郎は目を開いた。

写真探偵の仕事を継げ、と先生は言った。どうしたらいいのだろう。そんな責任を負えるのか。でも、あの世界に出入りする切符を手に入れながら捨てるなんて。

弘一は、近々もう一度あの世界に行くと言っていた。なにを探しに行くのだろう。ふだん単独ではいることのない世界に、ひとりで行った。目が完全に見えなくなる前にどうしても見ておきたい、と思ったということだろう。

あの世界に一体なにがあるのか。先生はなにを見にあの世界に行ったんだ？

先生に西條という師がいたこと、あの世界で探偵の仕事をしていたこと。知らないことばっかりだ。

両手にお湯をため、顔をぬぐう。いろいろ学んできたつもりだったけど、先生のこと、なにもわかっていなかったんだ。

先生は視力を失いつつある。先生の目がなくなったら、どうやって写真を学べばいいのだろう。こうなったら一日でも早く暗室を完成させ、写真の勉強を再開させなければならない。

いてもたってもいられなくなり、陽太郎は立ち上がり、風呂《ふろ》を出た。

処分するつもりの本を紐《ひも》で縛ったり、暗幕を張ったり、あっという間に時間がすぎて、午前二時を回っていた。

喉《のど》が渇き、陽太郎は部屋を出てキッチンに向かった。家のなかは暗く、しずまりかえっている。

水を飲んでいると、玄関の方から鍵《かぎ》を開ける音がした。茂が帰ってきたらしい。廊下の電気がつき、茂がキッチンにはいってきた。

「陽太郎、まだ起きてたのか」

「部屋の整理をしてたんだ」

茂もグラスを取り出し、陽太郎が食卓に置いたペットボトルから水を注いだ。

「ああ、もう大学生だしな。高校時代のものは少し処分した方がいいだろう」

茂はそう言って水をぐいっと飲んだ。

「それもあるけど……。部屋に暗室を作ろうと思ってるんだ」

陽太郎は答えた。暗室を作ることは祥子には断ってある。窓を暗幕でつぶすことにはいい顔をされなかったが、あとは、部屋を汚さなければいい、と言われた。だが、茂には伝わっていないだろう。

「暗室？　写真のか？」

茂は陽太郎の顔をじっと見た。

「前に渡したカメラ、あれで撮ってるのか？」

「うん」

「現像は？　だれかに習う、って言ってたよな」

「この近くの写真家の人に。むかし恋ヶ窪高校の写真部に暗室作業を教えにきてくれてた人で……」

「ああ、そういえば、そんなこと、言ってたな……」

茂はぼんやり思い出すような顔になった。

「受験の準備のあいだは中断してたけど、大学、受かったからね。またはじめることにしたんだ。まずは暗室を作る」

「そうか。それはいい」

茂が目を細める。

「そういえば、大学ではどうするんだ？　国分寺大学にも写真部はある……あ、いや、いまもあるのかな？　父さんが行ってたころはあったんだが」

そういえば父さんも国分寺大学だったんだっけ。志望校を決めるとき、いろいろ話を聞いたのを思い出した。

「いちおう俺も写真部だったから」

茂の言葉に、陽太郎は耳を疑った。

写真部だった……？

父さんが写真部？　いままで考えたこともなかったが、ニコンＦ３を使っていたくらいだから、写真部だったとしてもおかしくない。

「そうなの？」

「ああ、お前にはいままで話したことなかったっけ」

茂は冷蔵庫を開け、ペットボトルをしまう。

ちょっと待て、と陽太郎は思った。

父さんは国分寺大学の写真部だった。年齢は五十二歳。辛島先生も国分寺大学の写真部にいた。年齢は五十四歳。

もしかして、同じ時期に部員だったんじゃ……？

「大学時代は俺も自分の部屋に暗室を作ってたんだよ。お前にやったＦ３で毎日撮影して、現像して……。就職も、写真関係の仕事につきたくて、カメラメーカーばかり受けて……」

「父さん、もしかして、辛島弘一って人、知ってる？」

茂の言葉をさえぎり、陽太郎は訊《き》いた。

「え……？　お前、辛島先輩を知ってるのか？」

茂は驚いたような目で陽太郎を見た。

「知ってるもなにも……。俺、辛島先生に写真を習ってるんだ」

茂は呆然《ぼうぜん》とした顔になった。

「あの辛島先輩に？　嘘だろ？　先輩、いまどうしてるんだ？」

「いまも写真の仕事を続けてるよ。恋ヶ窪にスタジオがあるんだ。俺はずっとそこに通ってる」

茂は驚きで言葉を失っている。椅子を引き、ふらふらと座った。

「でも、まあ、ありえない話じゃないな。辛島先輩は国分寺出身だった。恋ヶ窪高校を出たって言ってたし、このあたりにいてもおかしくない。しかし、あの辛島先輩が……出身校で暗室作業を教えたりしていたとは……」

信じられない、という表情だ。

「父さん、先生と仲よかったの？」

「仲がいい……とは言いがたいなあ。辛島先輩はふたつ上の先輩で、俺たち下級生にとっては畏《おそ》れ多くて近寄れない存在だった。迫力があって、気軽に声をかけられる人じゃなかった。カメラもライカだったし、銀座にある有名カメラマン御用達《ごようたし》の中古カメラ店で働いている、とか、いろいろ伝説もあったからね」

中古カメラ店というのは西條の店のことだろう。下級生のあいだではそんな伝説になっていたのか。

「俺もさ、正直、カメラマンとか、写真に関わる仕事に憧《あこが》れたときもあったんだ。若いころはだれだってそういう生き方に憧れる。親に反対されて、なにもわかってない、って思う」

茂は笑った。

「でも、ひとりで仕事をするっていうのは大変なことだと思う。世のなかにはいい写真を撮る人はたくさんいるけど、商売にできる人はほんのひとにぎり。技術や感覚が優れていれば、クリエイターになることはできるかもしれない。だが、持続するには気力がいる。それしかできない、やめることができない、仕事にできるのはそういう人だけなんだよな」

陽太郎はスタジオの棚に並んだスクラップブックを思い出した。弘一はいつも、歯磨きと同じで、撮らないでいると気持ちが悪いんだよ、もうこれは病気かもしれない、と言っていた。

「大学時代、自分にはそういう素質はないと悟った。辛島先輩と、先輩と同じ学年にもうひとりすごい人がいてね。そのふたりに会って、写真家になるのはこういう人たちなんだ、って思ったんだ」

同じ学年にもうひとり？　杏奈が、大学時代、伯父《おじ》にはライバルみたいな人がいたらしい、と言っていたのを思い出した。その人のことだろうか。

「でも、カメラをいじるのは得意でさ。人のカメラを何度も直した。だったらいっそカメラメーカーに就職すれば、って思ったんだよ。写真は趣味でじゅうぶん、機械いじりで勝負しようって。でも、カメラ関係はおおかた落ちて、受かったのは電機メーカー。カメラも作っていたけど、回されたのは家電部門だった」

当時売れ線だったポータブルＣＤプレイヤーを作っていたという話を前に聞いたことがあった。

「当時は電機メーカーは花形産業だったからね。親も親戚《しんせき》も喜んでたけど、最初は複雑だったよ」

はじめて聞く話に、陽太郎は驚いていた。

ほんとはカメラを作りたかったのか。てっきり安定した人気企業だから電機メーカーを選んだのだと思っていた。とはいえ、いまは茂の会社も、海外企業と合併してようやく生き残っている状態だ。

「写真は趣味で、って思ってたけど、会社にはいったらそうもいかなくなってね。暗室もすっかり使わなくなって、結婚するときに道具はあらかた処分した。子どもが生まれると家族写真ばかり撮るようになって、面倒なフィルムカメラはあきらめて、自分の会社の動画も撮れるデジタルカメラを使うようになって……いまではすっかりスマホオンリーだもんな」

茂は苦笑いする。

「それでも、F3だけは捨てられなかったんだ。お前が、カメラが欲しいって言ったとき、ちょっとうれしかったよ。すぐに飽きちゃうかもしれないけど、このまま本棚で眠ってるよりはいいだろう、って思ってさ」

陽太郎はぽかんと茂の顔を見ていた。家で顔を合わせることが少なくなり、会ってもいつも無表情だった。こんなによくしゃべる茂を見るのは久しぶりだ。

「辛島先生は、大学時代どんな感じだったの？」

陽太郎は訊いた。

「辛島先輩か。驚くほど写真がうまかったな。撮影も現像もね。後輩たちのあいだじゃ、神だったんだよ」

「もうひとりのすごい先輩っていうのは……？」

「新見《にいみ》先輩って言ってね。写真部の後輩は新見先輩派と辛島先輩派、真っぷたつに割れてたっけ。ふたりは写真に対する考え方がまったくちがったから、なにかというとぶつかって、激論を交わしていた。喧嘩《けんか》寸前、というか、ほとんど喧嘩だったな、あれは。俺たちはまわりで黙ってその議論を聞いていた。下手に口をはさもうとするととばっちりを食らったりしてさ」

茂は楽しそうに語った。

「俺の代にひとりおしゃべりな男がいて、よせばいいのに無謀に口をはさんで、一度新見先輩に殴られたこともあったんだ。それでよろけてころんでなにかに頭をぶつけて、あたりどころが悪かったのか、なぜか血がどくどく流れてね、あわてて保健センターに連れてく羽目になって……。ふたりの口論もそこで終わり。結局、おでこの端がちょっと切れただけだったんだけどな」

茂は、ははは、と乾いた笑い声を立てる。

「ふたりはなんでそんなに対立してたの？」

陽太郎は訊いた。

「新見先輩はロバート・キャパに憧れて、フォトジャーナリストを目指してたんだよね。写真は、世界の真実を写し、世に広めるために使うべき、という主張だった。それに対して、辛島先輩の方は、写真自体の表現の可能性を追求してた。辛島先輩が好んだ写真は、現実を超越し、人々が見ているのとちがう現実を見せようとするものばかりだった」

「うん、辛島先生の考えはいまでも変わってない。写真ではなくフォトグラフなんだ、っていつも言ってる」

「あのころもよくそう言ってたよ」

茂は記憶をたぐるように遠くを見た。

「もちろん、写真には両面がある。どちらも大事だ。だが、ゆずれなかったんだろうな。新見先輩は辛島先輩の写真を、毒にも薬にもならない芸術に過ぎない、と言い、辛島先輩は新見先輩に、真実なんてものはない、ってよく言っていた。実際、ロバート・キャパの写真だって、真実じゃないものがたくさん含まれている」

「そうなの？」

「そうだよ。そもそもキャパなんていう人物はいない。もともとフリードマン・エンドレ・エルネーって男性と、ゲルダ・タローっていう女性の合作だったんだ。当時フリードマンには仕事がなく、ゲルダが有名なアメリカ人カメラマン『ロバート・キャパ』という人物を捏造《ねつぞう》し、フリードマンがその人物になりすまして作品を売りこんだ、と言われている」

「へえ」

「有名な『崩れ落ちる兵士』という作品も、スペイン内戦中に銃で頭を撃ち抜かれて倒れる瞬間の兵士、ということになっていたけれど、のちの検証では、あれは演習中に撮った写真で、兵士も死んでいない、ということになっているらしい。さらに撮影したのもゲルダの方ではないか、という説もあるみたいだ。ゲルダ自身も素晴らしいフォトジャーナリストだったんだね。でも、その後、戦場で死んでしまう。その後はフリードマンがキャパを名乗って活動し続けたんだ」

陽太郎にとっては、はじめて聞く話ばかりだった。弘一のところでは写真の技術論ばかり話していたから、報道写真やフォトジャーナリズムの話が出ることはなかった。フォトジャーナリストとは真実を伝えるものと思っていたが、そんなに単純な話ではないらしい。

「こういう話を聞くと、真実ってなんだろう、と思うよね。それでも、キャパの写真には価値と意味がある。だから新見先輩の主張もわかるんだ。世界でいろいろなことが起こっているのに、辛島先輩が日常を写して満足しているだけに見えたんだろう。俺は、どちらかというと辛島先輩派だったけどな」

辛島先輩派。陽太郎は茂の顔を見た。

「先輩の真似をして自分の部屋に暗室を作り、一日三本撮影現像を自分に課した。三本はとても無理で、一日一本がせいぜいだったけど。どちらにしても、結局形式を真似てただけだったんだと思う。辛島先輩に憧れてただけ。だから卒業すると写真から離れてしまった」

「先生、いまでも一日三本撮影現像は続けてるよ。三本どころか、五本は撮ってるみたいだ。スタジオには千冊近いスクラップブックがある」

「そうか。やっぱりそういう人でなきゃ、プロにはなれないんだよ。好きで好きで、だれにも頼まれなくても、だれかにやめろと言われても、撮らざるを得ない人」

先生はそういう人だ、と陽太郎は思った。だからこそ、視力を失うのは大きい。

「その新見さんって人は、卒業後どうなったの？」

「報道カメラマンとして活躍してた。賞も取ったりしてね。有名人だった。辛島先輩もそこまでじゃなかったけど、いろんな雑誌で活躍していて、写真好きのあいだでは評価が高かった。忙しかったんだろうな、彼らが同窓会に来ることはなかったけど、みんなと集まると、ふたりの活躍のことが話題にのぼった」

「ふうん」

「けど、九〇年代後半くらいだったかな、新見先輩の良くない噂が聞こえてきた」

茂の表情が少し曇った。

「噂？　どんな？」

「仕事を放り出して行方をくらませてしまった、って。みんな無責任に勝手なことを言ってたよ。うちの写真部では十年にひとりの逸材って言われてたけど、世に出れば化け物みたいな人がたくさんいて、生き残れなかったのかもしれないな、とか。辛島先輩の方もだんだんメディアに出なくなってしまったしね」

「それで？」

「ずっと行方がわからないまま……。その後ニューヨークで亡くなったんだ」

茂は天井を見上げた。

亡くなった？　まだ若いはずなのに……事故か？　それとも病気だろうか。陽太郎は不思議に思い、茂をじっと見た。

「突然のことだったんだ。二〇〇一年のアメリカ同時多発テロでな。あのときワールドトレードセンターに激突した飛行機にたまたま乗り合わせていたんだよ」

「嘘……」

陽太郎は息をのんだ。

同時多発テロ？　そんな大きな事件に巻き込まれたなんて……。

「俺たちも葬式に行った。そういえば、辛島先輩の姿は見かけなかったな。話によると、何年か前にアメリカに渡ってたらしくて。その後は大きな仕事はしていなかったから、葬式は質素なものだった」

茂はじっと目を閉じた。

「みんな、むかしのことだよ」

大きく息をつく。

「大学時代、カメラのことばかり考えてたころは楽しかった。いまの自分には同じことはできないけどね。あんなふうにひとつのことに夢中になれるのは、世のなかのことを知らないうちだけだ。視野が狭い、とも言えるけど、なにを見ても新鮮に見える。年をとるとダメだね、なにを見ても前に見たような気がして」

目を開き、陽太郎を見た。

「いや、古い話をしてしまった。お前と写真の話ができるようになるなんて思ってなかった。辛島先輩のことも、こんな奇遇があるなんてな」

陽太郎は、ふいにむかしのことを思い出した。父さんはもとから無口だったわけじゃない。自分が小さかったころはもっとよくしゃべったし、よく笑っていた。

仕事で忙しくてあまり遊びに行けなかったが、たまの休みには十羽と俺を公園に連れていってくれた。

夏休みには家族でドライブにも行った。伊豆《いず》高原、軽井沢《かるいざわ》、九十九里浜《くじゅうくりはま》、箱根《はこね》に那須《なす》。渋滞に巻き込まれると、母さんと十羽は眠ってしまい、父さんとふたりでいろんな話をした。

内容はよく覚えていなかった。仕事の話が多く、完全に理解できていたとは思えない。茂は祥子のように、子ども相手の口調では話さなかった。子どもと話すことに慣れていなかっただけかもしれない。だが、陽太郎はそれが少しうれしかった。

そのころに戻ったような気がした。家族みんなで車に乗って、高速道路を走っている。

だけど……。それは、みんな過去のことだ。いまは家族で出かけることもなければ、会話することすらない。どうしてこうなってしまったのか。

茂の親の介護で祥子が苦労しているのだから、十羽は茂が悪いと思いこんでいる。だが、自分に八つ当たりする祥子のことも許せない。それで家では心を開かなくなってしまった。

父さんは家のことをどう思っているんだろう。いつかはちゃんと訊《き》くべきなのだろうが、いまはしたくない。せっかく久しぶりに話ができたのだ。いまのこの時間が壊れてしまうのはいやだった。

「俺、これからも辛島先生のとこへ通うつもりなんだ。いつか、いっしょに行く？」

思い切って、陽太郎は訊いた。

「いや」

茂は即座に言った。ためらうような顔だった。

「それは……わからない。俺にとっては辛島先輩はヒーローなんだ。だから、いまの先輩に会うのはちょっと怖い。俺を見られるのも、いまの先輩を見るのも」

「先生はいまでも立派だよ。俺は尊敬してる。父さんだって……」

陽太郎はそこで口ごもる。茂は、ははは、と笑った。

「そうか。お前がそう言うなら……いつかな」

先生の目が見えているうちに。その言葉はいまは胸にしまっておくことにした。

10

週末、陽太郎はふたたび弘一のスタジオに行った。今度こそ引き伸ばし機を受け取るつもりだった。

弘一の足は順調に快復しているようだった。

「でもまあ、ふつうに歩けるようになるには、あと一週間くらい見ておいた方が良さそうだな」

弘一は足をさすりながら言う。

「向こうで走らなければならないようなことになったら、困りますからね」

「まあ、走ることはないと思うけどな」

弘一が笑う。

「向こうに行くとき、杏奈さんもいっしょですか？」

「杏奈？　考えてなかったが……なぜ？」

弘一が不思議そうな顔をした。

「あの日、あんなに早く先生を見つけられたのは、杏奈さんがいたからです。土地勘もあるし、観察力や直感もある。写真世界のなかにはいった、という事態をすぐに受け入れてしまった。適応力があると思うんです」

彼女は、ふつうの女の子とはどこかちがう。自分より大人に見えたし、なによりあの世界を楽しんでいた。未知の世界を探索することが好きなのかもしれない。

「まあ、彩月に鍛えられて育ったからなあ」

弘一はつぶやいた。

「あいつは写真には関心がない。が、呑みこみは早い。役には立つだろう。それに、もうあの世界のことを知ってしまったわけだから……。今回はいっしょに来てもらってもいいだろう。近いうちに訊いてみるよ」

「それと、向こうに行く理由ですが……。もしかしたら、新見さんという人に関係がありますか？」

陽太郎の言葉に、弘一の表情が固まった。

「なぜ新見の名前を……？」

陽太郎の目をじっと見た。

「いえ、実は……。この前まで知らなかったんですが、俺の父親、国分寺大学の写真部出身だったんです。しかも、先生のふたつ下で……」

「え？」

弘一が目を見開く。

「じゃあ、もしかして、真下って……。君は、真下茂の息子？」

陽太郎はこれまで弘一に家の話をしたことは一度もなかった。カメラをもらったときも、父が持っていた、と言っただけだ。もっともそのときは、陽太郎自身、茂がカメラを持っていた意味について、あまり考えていなかったのだが。

「そうか、F3……真下……そういうことだったのか」

「俺もこの前はじめて聞いて、びっくりしました。カメラはもらったけど、父が写真部だったなんて知らなかった。父とゆっくり話したのも久しぶりでしたから。でも、よかった。父を覚えていてくれたんですね」

「そりゃ、覚えているさ。同じ部にいたんだから」

「いや、父は……先生と新見さんは畏《おそ》れ多くて近寄れない存在だった、って言ってましたから」

「そんなことはないよ。まあ、新見とわたしはよく言い争っていたからなあ。喧嘩《けんか》っ早い、乱暴な人間と思われていたか」

弘一は苦笑いした。

「いえ、そういうことじゃないと思いますよ。父は、先生のことも新見さんのことも尊敬していたんだと思います」

「どうだか。でも、まあ、すべて過ぎたことだ。あのころはみんな若かった。わたしたちも虚勢を張って、ハッタリを利かせてたんだろうな。自分を大きく見せたかった」

弘一は少しさびしそうな顔になり、大きく息をついた。

「あの世界に行く理由が新見にある、っていうのはアタリだよ」

ややあって、弘一は言った。

「このあとは、ちょっと話が長くなる。杏奈もいっしょに行くなら、あいつにも話しておいた方がいいだろう。とりあえず、杏奈にどうするか訊いてみるよ」

「わかりました」

「ああ、だけど、ひとつ約束してくれ。目のことは杏奈には言うな」

「なぜですか？」

「杏奈に言えば、彩月にも伝わる。両親にも。そしたら面倒なことになる。それに……まだ言いたくないんだ」

弘一にそう言われ、陽太郎はうなずいた。気持ちはわかる気がした。そもそも俺が話すことじゃない。先生が決めて、先生が話すことだ。

「あとはふたりそろったときに話そう」

弘一はそう言った。

それから、引き伸ばし機を分解し、荷造りをした。ヘッドやレンズ、コンデンサー部、支柱はなんとか旅行カバンに入れることができたが、問題は台板だった。大きすぎて、もってきた袋にははいらない。弘一のところのゴミ袋をもらい、紐でしばって背負える形にした。

「これでいけそうです」

陽太郎は弘一に礼を言うと、台板を背負い、旅行カバンを肩にかけて帰途についた。

結局、杏奈も写真世界にいっしょに行くことになった。弘一が電話で訊くと、行かないわけないでしょう、と即答されたらしい。週末に弘一のスタジオに集合することになった。

来週には大学もはじまる。陽太郎はそれまでに自分の暗室を完成させ、作業を再開することにした。機材はほぼそろい、いつでも現像のできる状態になっている。

次は現像、停止、定着のための溶液作りだ。薬剤を溶かすだけだが、現像液に関しては規定の温度で溶かさなければならないので、キッチンのガスレンジを貸してもらう必要があった。

ついでに停止液、定着液もキッチンで作ることにした。どの薬品も独特の臭いがある。祥子や十羽が嫌がるかもしれないと思い、夜、皆がキッチンから姿を消したあとに作業を行った。

「なに、この臭い」

それでもやはり臭いが気になったのだろう。自室から祥子が出てきた。

「ああ、ごめん。現像用の薬品を溶かしてて……」

「これからもずっとキッチンを使うわけじゃ、ないのよね」

「ここを使うことは滅多にないよ。薬品溶かすときだけ。半年か、何ヶ月かに一回くらい」

陽太郎の答えに、祥子は少しほっとしたような顔になった。

「それくらいなら、まあいいわ。汚さないようにしてよ」

「わかったよ」

陽太郎はできるだけおだやかにそう答えた。

十羽の話だと、母さんは、最近俺が父さんに似てきた、と言っていたらしい。もし父さんと仲良く写真の話をしている、と知ったら、写真に対しても当たりがきつくなるかもしれない。

父さんが母さんに出会ったのは、大学を卒業してだいぶ経ってからだ。新居には暗室を作らなかった、と言っていた。そのときにはもう写真は辞めていたのだろう。だからたぶん、母さんは、父さんが写真部だったことを知らない。知っていたとしても忘れている。

だが、そのことがわかったらいろいろ面倒なことになるかもしれない。母さんの神経を逆なですることだけは避けた方が良さそうだな、と陽太郎は思った。

水曜日の昼間、陽太郎はカメラを持って自転車に乗り、国分寺の駅周辺に出かけた。写真世界で一九八五年の国分寺駅に行ったせいだろうか、再開発中の駅周辺の風景をカメラにおさめておきたくなったのだ。

五十年間続く再開発工事。つまり、この風景は、五十年間ずっと変化し続けているということだ。いま目にしているこの風景も、あと数年後には姿を変えてしまう。それを記録しておきたいと思った。

ふりかえると、駅のうえにウエストとイースト、ふたつの高層ビルが伸びていっている。道路も新しく整備され、路面のアスファルトも、標識の記号も、ガードレールも真新しい。そのひとつひとつを陽太郎はカメラにおさめていった。

ファインダーをのぞき、シャッターを切る。受験でしばらく離れていただけに、その感触がうれしかった。

自転車で駅周辺をまわるうち、だんだん日が暮れてきた。建物も道路も夕焼けに染まる。その風景を撮影し、家に戻った。

夕食の席で、祥子と十羽に暗室のことを話した。

これから自室を暗室として使いたい、現像の最中に光がはいるとフィルムが台無しになってしまう、現像中は扉に「現像中」の札をかけるから、札が出ているときは絶対に扉を開けないでくれ、と説明した。

「現像、ってなに？」

前にもカメラのことを説明したはずなのに、まったく聞いていなかったのだろう。十羽が訊《き》いてくる。陽太郎は仕方なく、むかしのカメラはフィルムで撮っていて、という説明をはじめた。

「それはわかったけど、いまどきなんでそんな面倒なことしなくちゃならないの？」

十羽は意味がわからない、という顔で言った。

「いや、それは……フィルムで撮った写真には、デジタルの写真にはない良さがあって……」

「ふうん。フィルムのカメラってそれだよね？」

十羽は陽太郎がうしろの棚に置いていたカメラをさして言った。

「それ、お父さんの部屋にあったやつでしょ？　メカっぽくてかっこいいよね。ちょっと見てもいい？」

お父さんの部屋、と言われたとき、ちょっとひやっとした。ちらっと祥子の方を見るが、なにも反応はない。ほっとしながらカメラを十羽に手渡した。

「へえ、重いんだね。むかしはこれで撮ってたのか。たしかに、古い機械って重厚でカッコいいなあ」

十羽がカメラをかまえる。

「いや、十羽、持ち方はそうじゃない。こう、左手で下を支えるようにして……」

「いいじゃない、持ち方なんてどうでも」

面倒なことを言われた、と思ったのか、十羽はぷいっと横を向いた。

どうでも良くない。陽太郎は思わずそう言いそうになる。俺だって辛島先生から散々言われたのだ。かっこつけて持とうとするな、どっしりかまえないとブレボケするぞ、と。だが、言葉には出さず引っこめた。

「お父さん、それ、むかしから持ってたわね。使いもしないのに……」

祥子は眉《まゆ》をひそめた。

「ねえ、その暗室作業って、どうしてもこの家でやらなくちゃいけないの？」

祥子は不機嫌な顔で言う。まずいな、と陽太郎は焦った。

暗幕で窓を覆うことに関しては、世間体が悪い、と良い顔をしなかったが、自分の部屋からはは み出さない、という約束で許してもらった。だが、臭いが出る液体を使うことがわかって、抵抗を感じたのかもしれない。

「これまでみたいに、その先生の家でやらせてもらうわけにはいかないの？」

「いや、自分の写真を撮るためには、自分の暗室を作らなくちゃ、ダメなんだ」

ちょっと強い口調になってしまい、陽太郎はしまった、と思った。

「自分の写真？」

十羽がからかうように言う。

「あ、いや、そんなたいしたものじゃないけどさ。でも、辛島先生の暗室は、先生の仕事のための暗室だから。いつまでも借りていたら、迷惑だろう？」

説明の仕方を変えることにした。祥子は人の迷惑になることを極端に嫌う。「先生」という他所《よそ》の人の「迷惑」を前面に出した。

「まあ、それはそうだけど……」

案の定、心を動かされたらしい。

「大丈夫、みんなの迷惑になるようなことはしないから」

念押しで「迷惑」を強調して言った。

「わたしはいいと思うけどなあ。現像、ちょっと興味あるし」

十羽が妙に関心を示す。

「わかったわ。とにかく部屋を汚さないようにね」

祥子に言われ、陽太郎はほっと胸をなでおろした。

「ありがとう。今日ももしかしたら現像するかもしれない。そのときは札を出すから、絶対に開けないで。用があるときはノックして」

もう一度言っておく。フィルムがぱあになるのは避けたかった。

「はいはい。大丈夫だよ、用なんてないから」

十羽がからかうように言って笑った。皮肉だとしても、十羽が笑うのを久しぶりに見た気がして、陽太郎は少しほっとしていた。


部屋に戻り、フィルム現像の準備を始めた。

フィルム現像は機械的なものだ。フィルムをリールに巻くのを失敗しなければ問題が起こることはまずない。だが、この部屋を暗黒の空間にするのははじめてだ。

現像用のタンクと、停止液、定着液を並べ、撮影済みのフィルムや使用する道具を机の上に出す。頭のなかで何度も作業の工程のシミュレーションを行い、扉に「現像中」の札を出した。扉の内側の暗幕をしっかり閉める。

フィルムをリールに巻きとる作業は、完全な暗黒のなかで行わなければならない。

ダークパックという光を遮断するパックのなかで行う人も多いが、弘一からは暗室で行うよう教えられた。

パックを使えば部屋を真っ暗にする必要はない。でも、パックのなかで作業するのだ。どうせ手元は見えない。見えないなかで手探りで作業することに変わりない。それなら手元が自由になった方がいい。

はじめにフィルム現像を習ったときのことを思い出した。あのときは何度もフィルムをリールに巻く練習をした。

リールというのは、長いフィルムをムラなく現像液に触れさせるために開発された道具だ。金属でできた渦巻き状の枠で、ここにフィルムをはさんでくるくる巻いていく。そうすることで、フィルムは蚊取り線香のように、均等に隙間のあいた形に巻き取られる。

まずは、フィルムパトローネを栓抜きなどであけて、なかのフィルムを取り出す。取り出したフィルムの先端をハサミでまっすぐに切る。この先端をリールの真んなかの部分にはさみこむ。それからフィルムを渦巻き状の溝にはさむようにして、くるくる巻き取っていく。

明るい場所で行えば、なにもむずかしいことはない。だが、暗黒のなか、手探りで行わなければならないのだ。はじめのうち、陽太郎は何度も巻き取りに失敗し、フィルムをダメにした。

リールの溝にうまくはめられず十分以上格闘し、挙句フィルムを傷だらけにしてしまったり、フィルムが重なっていることに気づかず現像してしまったり、現像中に根元が外れて根元に近い部分が重なりあってしまったり。そうなったら、やり直しはきかない。

巻き終わったらリールを現像液にどぼんとつける。そして、リールを振ることで攪拌する。最初の一分がとくに重要だ。リールを縦に振って、フィルムにまんべんなく現像液をあてるのだ。

フィルム現像では、現像液につける時間は厳密だ。だから、フィルムを何本かいっぺんに現像するときは、いっせいに現像をスタートしなければならない。

巻き取りを終えたリールを台の上に並べ、現像するフィルムをすべて巻き取ってから、現像液にいっぺんにつける。手でリールを持って、現像液のはいったタンクに入れ、攪拌。

ここまでの作業はすべて暗黒で行う。これが終わり、タンクの蓋《ふた》をしてしまえば、電気をつけても大丈夫だ。

タンクは光を遮ることができるものなら、なんでも良い、と言われた。両手を入れてリールを振ることができる大きさであれば。弘一のところではホーローのタンクを使っていたので、陽太郎もそれと同じものを買った。

フィルム、リール、ハサミ、タイマー、タンク。それに、現像液から出した手をぬぐうためのタオル。使うものをすべて台の上に並べ、場所を覚える。タイマーは、現像液につけておく時間にセットする。

そして、電気を消した。

真っ暗になる。暗闇のなかで目を閉じ、開く。大きく呼吸すると、すうっと身体の奥からいつもの感覚が蘇《よみがえ》ってきた。

パトローネの蓋を開ける。フィルムの先端を切る。左手でリールを持ち上げ、フィルムを中央に挟む。胸が高鳴る。フィルムを溝にはめていく。なにも見えない暗黒のなかで、指の感触だけが浮かびあがってくる。

昼間撮影した二本のフィルムを巻き取り終わると、タイマーを押し、リールをつかんで一気に現像液に突っ込む。そこから一分間、連続攪拌する。

この一分は、現像液のなかでリールを振り続けなければならないから、タイマーの操作はできない。自分のなかで秒数をカウントするしかない。

心のなかでしずかに六十秒をカウント。数え終わったらリールから手を離し、現像タンクの蓋を閉じる。蓋を閉めれば、いったん電気をつけても良い。

手をぬぐい、セーフライトをつけた。薄暗い灯《あかり》だが、暗黒に比べればものも見える。

ほっと安心した。

ここまでは順調だ。先生のところで行ったのと同じようにできている。あとは何分かに一度、タンクのなかを攪拌すれば良い。攪拌のときはタンクの蓋を開ける。そのときはまた真っ暗にしなければならない。

ほっと息をついたとき、ノックの音がした。

「だれ？」

陽太郎はドアに向かって返事をした。

「十羽だよ。ねえ、いま暗室作業、してるの？」

「そうだよ」

「はいっちゃダメ？」

暗室作業中ははいれない、とあれほど説明したのに。陽太郎はため息をつく。だが、まあ、いまなら入れても大丈夫だ。

「はいってもいいけど、すぐにまた真っ暗にしなくちゃいけないんだ。それでもいいか」

「いいよ」

「じゃあ、いいよ。ドアの内側に暗幕があるから、それを開けてはいって。でも、はいるなら早く頼む」

「わかった」

ドアの開く音がした。暗幕を開け、十羽がはいってくる。

「暗いね」

「ほんとはいまは電気つけても大丈夫なんだけど……。まあ、いいや、もうすぐ消さなくちゃならないから。はいったら、暗幕をしっかり面ファスナーで留めて」

「うん」

十羽が暗幕を閉じる。隙間がないかチェックした。

「たしかに変な臭いだね」

「現像用の薬品の臭いだよ。ごめん、もう真っ暗にしなくちゃならないんだ」

「真っ暗、ってこれより？」

「うん、完全に真っ暗にする。十秒くらいだから動かないで」

そう言って、セーフライトを切った。下手に動かれると、ぶつかったりものを落としたりしそうで危険だった。

「うわあ、ほんとに真っ暗だあ」

十羽の声が響く。かまわずにタンクを開け、リールを振って攪拌した。

「なにしてるの？」

十羽が聞いてくる。

「攪拌してるんだよ。ちょっと待って」

十秒ほど攪拌し、タンクを閉める。セーフライトをつけた。

「これがつくとほっとするね。攪拌ってなにしてたの？」

「このタンクのなかでいまフィルムを現像しているんだ。ときどき開けて、なかにはいってるリールを振らなきゃならない。いまは電気、つけてもいいよ」

陽太郎がそう言うと、十羽は壁のスイッチを入れ、電気をつけた。

「ああ、なんか緊張した。真っ暗って、どきどきするよね」

十羽は胸を押さえながら言った。

「あ、これなに？」

机の上の引き伸ばし機を指す。

「それ……引き伸ばし機。印画紙に現像するときに使うんだよ」

「印画紙？」

「えーと、写真を現像する紙のこと。フィルムに現像したあと、紙にプリントするんだ。現像したフィルムはネガって言って、白黒が反転してるんだよ。そのままではなにが写っているかわからない」

「そうなんだ」

写真について説明しているうちにふたたび攪拌の時間がやってきた。

そのあと数回攪拌をくりかえしたあと、リールを停止液へ。三十秒ほど攪拌し、定着液に移す。現像のときと同様、ときどき攪拌しながら十分ほど置く。その後、水で洗い、乾かす。乾燥用に貼ったヒモに吊《つ》るした。

「これで終わり」

陽太郎は十羽に言った。

「そうなんだ。大事なときは真っ暗になるからなにやってるかよくわからなかったけど……。でも、面白かった」

少しうれしそうに笑った。むかしの十羽と同じ笑顔だ。

小さいころの十羽は甘えん坊でよく泣いた。だが、機嫌がなおるのも早かった。泣いたり笑ったり、表情がころころ変わった。それが面倒で疲れてしまうことも多かったが、最近の笑いもせず泣きもしない十羽に比べればずっとよかった。

「あのフィルムはどうなるの？」

「完全に乾いたら、切って、ベタ焼きっていうのを作る。でも、今日はもう遅いしね、ここまで」

「わかった」

めずらしく素直にうなずく。

もう深夜だ。廊下に出ると、電気はすべて消えていた。

「また見に来てもいい？」

「いいよ、別に。フィルム現像はあまり面白くないけど、印画紙現像はやってること
が見えるからね、もうちょっと面白いかもしれない」

「ほんと？　じゃあ、やるとき教えて。暇があったら見に行く」

「わかったよ」

陽太郎が答えると、十羽はおとなしく自室に戻っていった。

木曜、金曜も撮影を行い、夜は暗室作業をした。金曜は印画紙現像も行った。ベタ
焼きから引き伸ばし。十羽もやってきて、作業を見ていった。
引き伸ばし機の光で像が浮きあがるのを見て、十羽は驚き、かなり関心を持ったよ
うだ。今度は撮影もいっしょに行きたい、と言い出した。
十羽はむかしから陽太郎の真似をしたがる子だった。小さいころ、友だちと遊びに
行く陽太郎についてきては追い返されて泣く、ということを繰り返した。
小学校高学年になるとさすがに陽太郎についてくることはなくなったが、友だちは
あまり多くない。中学になってもそれは変わらなかった。
それだけに両親の不仲の影響は大きかった。表情も乏しくなり、部屋にこもってい

ることが増えた。陽太郎も入試までのあいだはあまり十羽と話すことができず、ずっと気になっていた。

撮影も、むかしなら面倒だから断ってしまうところだが、いまは十羽のあかるい顔を見られただけでうれしく、今度いっしょに行こう、と約束した。

11

週末、陽太郎は約束通り、弘一のスタジオに行った。杏奈ももう来ている。

弘一は杏奈に、この前杏奈が帰ったあとに話したことをかいつまんで説明した。西條が写真探偵の仕事をしていたこと。弘一がその仕事を引き継いだこと。写真世界の『扉』が開くためには、その瞬間に行きたい、という強い願いが必要なこと。そして、この前扉が開いたのは弘一自身の願いによるものであり、その願いに、大学時代のライバル、新見がかかわっていたということ。

「つまり、その新見さんという人を見に、あの世界に行ったってこと？」

杏奈が訊いた。

「いや、実はそこまではっきりしていたわけじゃない。あの日、たまたま古いスクラップブックを見ていて、卒業式の写真が目にはいった。さっきも言ったように、強い願いがないと『扉』は開かない。だから、はいれるとは思ってなかった。ただなんとなくあのネガを引き伸ばし機にセットして光をあてたら……いきなり飛ばされてしまったんだ」

弘一が苦笑いした。

「最初は、目的が新見だとも気づいてなかった。でも、来たからにはここに自分の見たいものがあるはずだ、と思った。単独行動は危険だが、慣れた場所だから大丈夫だろう、とたかをくくっていたんだな。それに、出てしまったらもう二度とこの世界には来られない。もし見たいものがあるとしたら大学だろうとふんで、歩き出したんだ」

「それで？」

杏奈が訊いた。

「大学に着いて、真っ先に部室に向かった。部室には新見がいて、部員たちの撮った写真を睨《にら》んでいた。大学祭の展示で使った作品が壁に貼ってあったんだ。新見はわたしの作品をじっと見ていた。木陰に男女が立っている写真だ」

弘一は遠くを見た。

「それで思い出した。秋の大学祭に展示したとき、みんなはそこに写ったふたりの人間の表情やポーズにばかり関心を示した。だけど、わたしがその写真で撮りたかったのは人じゃない。人の身体に映る木漏れ日だったんだ」

「木漏れ日？」

「それを見て、新見だけが『木の葉の影を撮るなんて、平和ボケの自己満足だ』と言い捨てた」

「辛辣だね」

　杏奈が苦笑いする。

「新見はそういう男だった。写真は遊びじゃない、世のなかに真実を訴えるためのものだ、といつも言っていた。それに対して、わたしは、真実なんてものは見方によって変わる、って立場だったからね」

　陽太郎は茂の話を思い出した。

「だから、ふだんはおたがいに近寄らないようにしていた。だけど、飲み会でもなんでも、気づくと新見と議論してるんだ。もう酔っ払って、おたがい理性が外れちゃってるからね。結論が出ない議論をどっちかがつぶれるまでえんえんと続けて……。いま思うと、よくあれだけ体力があったなあ、と……」

　弘一がため息をつく。

「大学祭のときももちろん喧嘩《けんか》になったよ。だけど、いま考えてみると、わたしはあれが木漏れ日を撮ったものだとだれにも言ってなかったんだ。つまり、新見だけはあの写真の意味を理解していたんだな、って」

陽太郎ははっとした。弘一に写真を習う前なら、自分もまちがいなく人を撮ったものと捉《とら》えただろう。新見さんという人は、考え方はちがうが、辛島先生のいちばんの理解者でもあったということだ。

「新見がわたしの写真を凝視する横顔を見て、いろんなことを思い出したよ。ここに来たのは、この瞬間の新見の顔を見るためだったんだ、と思った。だが……」

弘一はそこで息をついた。

「どうかしたの？」

杏奈が訊いた。

「その姿を見ているうちに、もうひとつ、別のことを思い出してしまったんだ」

「別のことって？」

「寄せ書きだよ。あの日の夜、写真部の追いコンがあったんだ。そこで、卒業生に部員から寄せ書きが渡された。わたしたちふたりもおたがいに向けたメッセージを書いた。わたしも卒業式が終わってすぐ、後輩から寄せ書きの色紙を渡され、新見に宛てたメッセージを書き、後輩に戻したんだ」

弘一はそこで言葉を切った。

「その年の卒業生は新見とわたしのふたりだけ。だが、後輩はけっこういたからね。

まだ書いていない後輩もたくさんいたんだろう。寄せ書きはすかすかだった。その後、後輩たちもメッセージを書いて、追いコンのときに渡す。そういう段取りだったんだな」

「それで？　追いコンには出たんでしょ？」

杏奈が首をかしげた。

「もちろん出たよ。寄せ書きも、受け取った。だが……」

弘一が頭をかかえる。

陽太郎は、弘一が卒業証書をなくした、という話を思い出した。

「もしかして、卒業証書といっしょに……？」

陽太郎の言葉に、杏奈があっと口を押さえた。

「杏奈から聞いたのか、卒業証書をなくしたこと。そうなんだ。もらった寄せ書きは卒業証書といっしょに、紙袋に入れていた。追いコンの帰り、酔っ払って、袋ごと陸橋から線路に落としてしまったんだよ」

弘一は、はあっ、とため息をついた。

「線路内だからね、当然立ち入りは禁止だ。でも、何人か後輩がいっしょにいて、みんな酔っ払ってたのもあって、取りに行きましょう、って大騒ぎになった」

「ええっ」

「かと言って、陸橋から飛び降りることはできないからね、線路に降りられる場所はどこだ、ってわあわあ行っているうちに電車が来て……」

弘一は目を閉じる。

「すべてばらばらになった」

「そんな……」

杏奈も陽太郎も言葉を失う。

「みんな呆然《ぼうぜん》としたよ。酔いも吹き飛んだ。なにしろ卒業証書だからね。とはいえ、企業に就職するわけでもないし、必要があれば卒業証明書は取れるだろうから、わたし自身は卒業証書に関してはわりとあっさりあきらめることができた」

「そうなの？」

「それより、ショックだったのは寄せ書きの方。飲み会の最中に渡されたしねえ。人前で読むもんじゃないだろう、そういうのは。だからあとで読むつもりで、ロクに目も通してなかったんだよ。でも、そこにいた連中に励まされてさ。僕たちのメッセージは再現して別の紙に書きます、とか言われて……」

「で、どうなったんですか」

「しょうがないからもう一度飲みに行ったよ。わたしの卒業証書を轢《ひ》いた電車が終電だったんだ。電車で帰る連中は帰れないことがすでに確定してた。それで明け方近くまで飲んで、みんなで部室に帰って寝た」

「え、大学にはいれたの？」

「ああ。そのころは夜間ロックアウトなんてものはなかったからね。そういうのは日常茶飯事だったよ」

「楽しそうだねえ」

杏奈が呆《あき》れたように言う。

「その場にいたやつのおかげで、後輩たちのメッセージはあとから全部送られて来たんだ。ただ、新見は卒業式のすぐあと海外に行ってしまって、もう連絡がつかなかったらしくてね。けど、いつかまた会うこともあるだろうし、そのときは、まあ、いいか、って思ってしまった」

「それで？」

「卒業してからは仕事やらなにやらで忙しくてね。寄せ書きのこともだんだん忘れていった。それに……」

弘一はふうっと息をつき、天井を見上げた。

「なんというか、新見に引け目を感じていたんだな、たぶん」

「引け目？」

「大学を出て、新見はすぐにスターになった。報道の世界で活躍して、賞ももらって。

わたしのところにも授賞式の招待状が来たんだ。だが、行かなかった。自分がみじめな気がしてたんだろうなあ」

「どうしてですか？　父は、先生もメディアで活躍してた、って」

陽太郎は訊《き》いた。

「活躍……。まあ、仕事はしてたよ。でも、食っていかなくちゃいけないからね。アイドルの水着も撮らなくちゃいけないし、コマーシャル写真も撮らなくちゃいけない。写真の仕事で食っているっていう点では、新見と同じかもしれない。でも、社会的な意義のある仕事じゃない。あっちはジャーナリストで、こっちは怪しげな商業カメラマン。授賞式なんて行けないよ。写真部の後輩とも会いたくない。だから返事も出さなかった」

ほんとうに商業カメラマンなら、そういうパーティーに出て顔を売ろうとしたのかもしれない。だが、先生の場合、プライドが許さなかったのだろう、と陽太郎は思った。

「情けなかったんだ。商業写真で金を稼いで、儲《もう》からない芸術写真を撮っている。そういうこと全体が欺瞞《ぎまん》に思えてね。年に一度個展を開く。だが、客なんてほとんど来ない。技術がすごいって賞賛してくれる写真マニアはいたけど、一般の人には意味のないものだからな」

そんなことはない。先生の写真は素晴らしい。陽太郎はそう言いそうになり、ぐっと口を閉じた。

「大学にいたころは天狗《てんぐ》だった。まわりにいる人間に、写真は芸術だ、と吹聴した。けど、社会的に見れば無なんだよ。写真部の後輩たちは、新見派だ、辛島派だ、って争ってたけど、全然拮抗《きっこう》してない。そのことに気づいて、恥ずかしかった。それで、同窓会からも足が遠のいた」

それでだったのか、と陽太郎は思った。俺に写真部のことを話さなかったのは。写真部時代の話をしたくなかったんだ。

「次に新見から連絡が来たのは、新見が行方をくらませてすぐのころのことだ。近い業界だから、新見が仕事を放り出していなくなった、という話は伝わって来ていた。そこにハガキが来たんだ」

「ハガキ？」

杏奈が訊く。

「『迷っていることがある、お前の考えを聞きたい』って書かれてた。だが、そのときも返事を書かなかった。わたしに言えることなどなにもない、と思ってな。一時のスランプだろうと軽く考えていたのもある。でもちがった。新見はほんとうに業界から姿を消してしまった。少し後悔したよ。だけどそのときには、もう連絡はつかなかった」

弘一はうつむいた。

「西條さんと写真探偵の仕事をはじめたのはそのころだった。写真世界の探索に夢中になって、カメラマンの仕事はあまり引き受けなくなっていった。しばらくして、新見から手紙が来た。二〇〇一年の夏のことだ。長い手紙だった」

杏奈が訊いた。

「なにが書いてあったの？」

「うん……」

弘一は言い淀《よど》んだ。

二〇〇一年。陽太郎は弘一をじっと見た。9・11、アメリカ同時多発テロ事件が起きた年。新見さんが死んだ年。

「彼が日本のマスコミから消えた理由、その後なにがあったかが書かれていた。いまもここにある」

弘一は机の上の古いエアメールを手に取り、なかから紙を取り出す。ワープロの文字がプリントされた分厚い束だった。

「新見は当時アメリカにいた。だが日本に帰ると決めた、帰ったら話したいことがある、と書かれていた」

「それで？　会ったの？」

「会わなかった。いや、会えなかったんだ」

「どうして？」

「亡くなったんですよね」

陽太郎は言った。

「9・11に巻きこまれて……」

「9・11……って、あの9・11？　嘘？」

杏奈が戸惑ったように弘一を見る。

「そうなんだ。あのときビルに突っ込んだ飛行機、新見は偶然、それに乗っていた」

弘一は目を閉じたまま、天井を仰いだ。


久しぶり。元気か？

俺はいまアメリカにいる。いろいろあって日本を出て、もう五年以上経った。

お前はどうしてる？

卒業してから一度も会っていないが、俺の方はお前のことがいつも頭のどこかに引っかかっていたよ。あの寄せ書きにも書いた通り、なにかあるごとに、こういうときお前ならどう言うだろう、と考えていた。

それで、だ。いまもまた同じことを考えている。お前ならどう言うだろう、って。それで手紙を書くことにした。そうでもしなければ頭が整理できそうにない。

俺が報道カメラマンの仕事を捨ててアメリカに渡ったのは知っているよな。いままでだれにも話していなかったが、そこから説明しないと伝わらないだろう。あまり触れたくない話題だが、書くことにするよ。

九〇年代のはじめ、俺は湾岸戦争の写真で賞をとって、報道写真家として認められるようになった。その後も紛争地帯を訪れては写真を撮っていた。

真実を撮る、と言いながら、ときには演出のはいった写真を撮ったこともある。キャパがしたように。風景をそのまま撮っただけでは凄惨《せいさん》な現場のすべてを伝えられない、と思ったからだ。

だが、そうしたことを続けるうちに、自己嫌悪に陥った。大量の人の死を見続けて心が疲れてしまったのかもしれない。それで、身体の不調を理由にいったん仕事を休み、実家に帰って休養を取ることにしたんだ。

久しぶりに故郷に戻るとほっとした。むかしは親も苦手だったし、親戚《しんせき》づきあいも大嫌いだった。みんな身のまわりの噂話しかしない。大きな志もなく、いまの生活のことしか考えていない。そんなやつらとの会話に時間を割くことに耐えられなくて、わざわざ東京の大学に進んだんだ。

だけど、世界じゅうどこに行ったって、ほとんどがそういう小さい人たちなんだよ。自分の家族や自分の暮らす場所、かつての暮らしを守るために生きてる。兵士だってきっと国に帰れば同じだろう。俺は大きなことをしたいと思ってた。でも、写真を撮ることのどこが大きいんだろう、って思った。それでなにが変わるんだ、って。

正月だったしね。集まってきた親戚のなかには仕事のことを訊いてくる人もいて、鬱陶《うっとう》しいな、とは感じたけど、そういうのもまた人間だ、と思うと、なんだか愛《いと》しいもののように思えてきたんだ。

正月が終わっても俺はまだぐずぐずと実家にいた。とりあえず東京に戻るか、と思っていたとき、あれが起こった。阪神《はんしん》・淡路《あわじ》大震災だ。

俺の実家は神戸《こうべ》の六甲山《ろっこうさん》の裏側の新興住宅地だった。だから震源からは少し離れていたんだけど、それでも地震が起きたときは地鳴りがした。みんな飛び起きたよ。なにが起こったのかわからず、そのまま朝を迎えた。

朝の時点では被害の状況もよく伝わってこなかった。それでも俺は身についた癖で、カメラを持って神戸の街まで行くことにした。

電車はすべて止まっていたから、車で移動することにした。交通規制があったから着くのには少し時間がかかったけど、なんとかたどりつくことができた。

そこから先のことはお前も知っているだろう。ビルも駅も鉄道の高架も倒壊した。

火災が発生して、あちこちが火の海になった。

俺はそれらを目のあたりにした。だが、写真は撮れなかった。一枚も、だ。カメラをかまえても、シャッターを押すことができなかった。

被害はどんどん広がって、火災もなかなかおさまらない。知人の安否が伝わってくるのに数日かかった。正月に集まった親戚は全員無事だったが、何人かは家を失っていた。かつての同級生や恩師のなかには亡くなった人もいた。

少しずつ復興作業がはじまった。俺も手伝いに行った。だが、やはり写真は一枚も撮れなかった。

俺は、高校時代は神戸の街なかの学校に通っていた。高校時代を過ごした街が見る影もなく崩れている。その姿を写すことはどうしてもできなかった。

カメラマンとして失格だと思った。そして、じゃあ、これまで紛争地帯で自分が写真を撮れたのはなぜだろう、とも思った。自分と関係ない世界だから撮れただけなのかもしれない、と。そういう自分が許せなかった。

自分の家が片づいたあと、俺はアメリカに渡った。報道写真はもう撮らない、と決めていた。それでも、自分にできるのは写真を撮ることくらいしかない。だからアメリカの街で、細々とポートレイトを撮る仕事をはじめたんだ。

だが、それから二年後のことだ。俺の住んでいた街の近くのスーパーマーケットの駐車場で、銃の乱射事件が起こった。たまたま現場に居合わせた俺は、反射的に車に積んであったカメラを取り出し、銃をかまえる男を撮影した。

その後警察がやってきた。俺はその情景も夢中でカメラにおさめた。男は自分の車で逃走、しばらく逃げたあと、警官によって射殺されたらしい。

久しぶりの感触に呆然《ぼうぜん》としていたとき、地元の新聞記者がやってきて、現場を写真で撮ったか、と聞かれた。カメラをかまえている俺の姿を従業員のだれかが見ていたらしい。持っているならネガを売ってくれ、と言われ、俺はその写真を売った。

翌日、俺の撮った写真は地元新聞に大きく載った。日本では報道されていないだろうから、お前は知らないだろう。犯人は日系人、街の近くの砂漠のトレーラーハウスで暮らしている男だった。

それからしばらく経って、知らない男から連絡があった。木暮《こぐれ》という日本人のルポライターだった。俺の親と同世代で、アメリカの風俗に関するルポで日本では名の知れた男だった。いまは日本とアメリカ両方に家を持ち、一年の半分はアメリカで暮らしているのだと言う。新聞に載った俺の写真を見て、ぜひ会いたいと言ってきた。

俺もその事件には少し引っかかるものを感じていたから、木暮さんと会ってみることにした。木暮さんは銃乱射事件に興味をもち、俺といっしょに取材したいと言った。取材といっても、もちろん掲載のあてがあるわけでもない。完全に自主的な取材だと言う。

木暮さんは六〇年代から何度も渡米し、アメリカ社会の闇に取り憑《つ》かれたような人だった。新聞や雑誌などがバックについているなら受けなかったかもしれないが、完全に自主的な取材というところに惹《ひ》かれて、俺は木暮さんと行動をともにするようになった。

木暮さんと俺の関心は、その男がなぜ犯行におよんだか、ということだった。犯人は射殺されていたし、新聞もニュースも、動機については報じなかった。

木暮さんは犯人が日系人ということで、日本人である自分と重ねていたところもあったのかもしれない。俺は、犯人が住んでいたトレーラーハウスというのが気になった。どうやらそのあたりには、トレーラーハウスに住んでいる人たちがたくさんいるらしいのだ。

木暮さんといっしょに犯人のトレーラーハウスも見に行った。もちろん不法侵入だ。家主を失ったトレーラーハウスはそのまま砂漠に放置されていた。トレーラーの近くに一本の木が生えていて、庭のような場所には小さな菜園も作られていた。大きなスーパーマーケットから車で数十分なのに、世界の果てのような場所だった。

同じようにトレーラーハウスで暮らしている人たちにも会いに行った。ホームレスとはちがって、トレーラーのなかにけっこうな家具を揃え、発電機を使って文明的な暮らしをしている。ヒッピーくずれのような変人も多く、銃や番犬で身を守っている人もいた。

犯人は日系三世で、本人は日本に行ったこともない。大学まで行き、その後軍にいたこともあったようだが、あるとき家族を捨て、ここにやってきたらしい。

東海岸に住む家族のところまで行って話を聞いたが、結局犯人の動機はわからずじまい。はっきりした動機などない、ただ男が行き詰まって犯した凶行だったのかもしれない。

真実なんて幻想に過ぎない。木暮さんと調査を進めるうちに何度もそう思った。

その後、木暮さんは病に倒れ、日本に帰国。ほどなく亡くなった。

それからしばらく気が抜けたようにぼうっとした日々を過ごし、俺は木暮さんと調べたことの一切を処分した。残したのは、木暮さんの写った数枚の写真のみ。事件がらみのものはすべて捨てた。

木暮さんと夢中でアメリカを駆け回った日々は楽しかったが、すべてが幻だった気がした。

そのとき、日本に帰るべきではないか、と思った。木暮さんにも何度か言われたが、俺自身そう思うところがあったんだろう。

日本に帰る。そして、あのとき向き合えなかったものに向き合う。

お前に手紙を書いたのも、それを相談したかったからだ。お前がどう思うか、聞いてみたかったのだ。

だが、もう返事はいらない。この手紙を書いているうちに決心がついた。

俺は近々日本に帰る。そう決めた。

俺が写さなければならない現実は、そこにある。

帰ったらまずお前に連絡する。お前の話もそのとき聞かせてくれ。

新見賢也《けんや》

「新見が死んだのは、わたしがこの手紙を受け取って一ヶ月後のことだった」

陽太郎も杏奈も言葉を失った。

「葬式には行かなかった。いや、行けなかったんだ。あの手紙に返事を書いておけばよかった、と後悔した。新見はもう自分で答えを出していたみたいだったし……。それでも、大学時代から年月を経た自分のそのときの思いを伝えておけばよかった、って」

弘一は遠いところを見る目になった。

「だけど、わたしは返事を書かなかった。ひどい話だな。言いたいことはたくさんあった。わたしもまた、考えていたことがいろいろあったんだ。だが、言葉にならなかった。会ってから話せばいい。そう思っていた。でも、それは叶《かな》わなかった」

　声が少し震えている。

「自分で自分を許せなかった。新見が死んだことを受け入れられなかった。手紙を読み返すのも怖くて、ずっと引き出しにしまったままになっていた」

　そこまで言って、弘一は大きく息をついた。

「わたしがニューヨークを訪ねたのは、それから二年以上経ってからだ。新見が死んだ場所を見ておかなければ、と思ったんだ。グラウンドゼロの前に立つと、めまいと吐き気を感じた。世界がぐらぐらした。新見は死んだ。わたしは生きている。そのことの意味がわからなかった。目の前の風景に、以前のこの場所の像がモノクロになって重なった。幽霊みたいに」

　弘一がうなだれ、額に手を当てる。

「とたんにすべてが怖くなった。写真というのは光の残した跡だ。つまり、そこに写っているのは常に過去なんだ。わたしのスクラップブックには山のような写真がある。だが、それはみんな過去になってしまった。たとえばこの前の写真だってそうだ。国分寺の駅前も変わり、あそこに写っている人はみな年を取った。亡くなった人もいるだろう。あの年齢の新見もわたしも、あそこにはいるのに、現実にはいない。あの世界は、いまはないものばかりでできている。わたしはずっと、そんな時間の幽霊みたいなものをあのスクラップブックにためてきたんだ」

　陽太郎の心もぐらぐらと揺れた。写真は光の跡。その言葉は弘一から何度も聞いていた。だが、いまのような意味が含まれているとは思ってもいなかった。

「写真は真実だと新見は言った。でも、その真実はどこにあるんだ？　どこにもない。撮ったそばから消えてしまう。真実なんて、現実なんて、世界なんて、全部あるようなないような、あやふやなものだ」

　弘一は顔をあげ、遠くを見た。

「先生……」

　陽太郎はなにを言ったらいいかわからず、そこで言葉を止めた。

「新見が日本に帰ってきたら、あの世界に連れていきたいと思ってたんだ」

　ぼそっと弘一がつぶやく。

「あの世界に？」

　陽太郎は訊いた。

「写真世界を訪れるたびに、ここを新見が見たらどう思うだろう、と思った。新見が撮るような戦場ではないが、あの世界には現実が記録されている。身近で、ありきたりの、だが、だれかにとってはほかに代えがたいほど大切な一瞬。それが切り取られてあそこにある。そのなかを新見と歩いてみたかった」

陽太郎は胸がかきむしられるようだった。杏奈もじっと黙っている。

「これまで、あの世界にひとりではいることはなかった。なにかあったとき命に関わるから、ひとりではいるな、って西條さんに言われてたからね。スキューバダイビングと同じ、必ずバディを組め、って。客を案内するときは客と行くからいい。だが、自分の目的のためにいっしょに行く人はいない」

弘一は深く息をついた。

「だから、自分のためにあの世界に行ったことはなかったんだ。まあ、いつでも行ける、っていう気持ちもあったしね。でも……」

そこまで聞いて、陽太郎ははっとした。あの世界に行ってしまったのは、たまたまじゃない。視力を失う、という診断を受けて、目が見えるうちに新見さんの顔を見たい、と思ったからではないか。だが、杏奈がいるから、そのことは言えなかった。

「なんとなくネガをセットしたら、いきなり飛ばされてしまって。でも、新見の顔を見たら、やっぱりどうしても寄せ書きが見たくなった」

弘一が苦笑いする。

「見たってどうにもならない。あやふやな、幽霊みたいなものだ。でも……」

口ごもり、うつむく。窓の外から車の通る音がした。

「寄せ書き、見に行こうよ」

杏奈がさらっと言った。

「あやふやだって、幽霊だっていいじゃない。そこに書かれた言葉を見ないと、新見さんとちゃんとお別れ、できないと思う」

弘一も陽太郎もぽかんと杏奈を見た。

「そうだな」

ややあって、弘一はつぶやくように言った。

「お前の言う通りだ」

ははは、と笑う。

この子、すごいな。

杏奈の顔を眺めながら、陽太郎は思った。

——あやふやだって、幽霊だっていい。

——新見さんとちゃんとお別れ、できないと思う。

その通りだ。

寄せ書きを見せたい。先生の目が見えるうちに。陽太郎もそう思った。寄せ書きを持ち帰ることはできない。写真を撮ることもできない。ならば、その場で見るしかない。新見さんの書いた文字を目に焼きつけなければならない。

「いっしょに行ってくれるか？」

弘一の言葉に、陽太郎はうなずいた。

これは小説や映画に出てくるようなタイムトリップとはちがう。なにも変えられないし、そこにいる人と話すこともできない。できるのは見ることだけ。それでも、行かなければならない。そこでしか見られないものがあるのだから。

「もちろん。そこに行くために来たんだから」

杏奈が、にっこり笑った。

「それになにが書いてあったのか、わたし自身ちょっと興味もあるし」

杏奈の言葉に、弘一はまた、ははは っと笑った。

「じゃあ、捜しましょう。確認ですけど、あのときはまだ新見さんは寄せ書きを書いていなかったんですね」

陽太郎は訊いた。

「そうだ。実はあのとき、寄せ書きは部室にあったんだ。新見宛のと、わたし宛のと二枚とも。だが、わたし宛の寄せ書きに、新見のメッセージはまだ書かれていなかった」

「ということは、そのあとの時間、ってことだね」

杏奈が言った。

「そのあとの時間帯のネガもあるんですよね？」

陽太郎が訊《き》く。

「もちろんあるよ。この箱のなかにね」

弘一は机の上の箱をぽんと叩《たた》いた。

12

ベタ焼きのスクラップブックを広げ、駅前のコマの次をながめた。しばらく駅前の商店街らしき風景が写っていた。

「ああ、ここ。よくみんなで飲みに行ったなあ」

弘一が写真を指して言った。

居酒屋のちょうちん。見たことのない路地。掃除用具を持って歩いているおばあさん。店先につながれてきょとんとこちらを見ている犬。西武国分寺線の線路や、生地屋だろうか、信じられないほどたくさんの布がかかった店先。

「なつかしいなあ。若いころはこの時間がずうっと続くと思ってたのに、いつのまにかずいぶん経ってしまった」

弘一がため息をつく。

そこに写った建物のいくつかはもうなくなっているだろう。改築されて形を変えたものもあるだろう。そこを歩く人々ももう年をとって、亡くなった人もいるだろう。

陽太郎は物悲しいような、苦しいような気持ちになった。

「駅前にいたときは新見さんはまだ寄せ書きを書いてなかったんですよね。でも、寄せ書きは部室にあったし、新見さんも部室にいた」

「やっぱり書く順番は卒業生が優先よね」

「ということは、あのあとすぐに書いた可能性が高いってことだな。このあたりのネガをかたっぱしから試せば、当たるかもしれない」

弘一がベタ焼きをながめながら言った。

「でも、この世界全部探索するのは大変じゃない？」

杏奈が言った。

「いや、全部の世界にはいる必要はない。というか、はいれないいんだ」

弘一が答える。

「さっき説明したように、その世界に求めるものがあるときだけ、写真の扉が開く。逆に言うと、求めるものがない場合は開かない。いまわたしが求めているのは、新見がメッセージを書いた後の寄せ書きだ。だから、行けるのはそれが存在する瞬間のネガの世界にだけ。新見がメッセージを書く前や、寄せ書きが失われてしまったあとの時間のネガを見ても、扉は開かない」

「そうか。じゃあ、簡単じゃない。試してみようよ。このあたりからのネガを順番に引き伸ばし機に入れて……」

杏奈が立ちあがった。

ネガの箱とスクラップブックを持ち、暗室にはいった。まずは駅前の次のコマだ。例の引き伸ばし機のキャリアにネガをセットする。弘一がセーフライトをつけ、陽太郎に部屋の電気を消すように言った。

弘一がフットペダルを踏むと、引き伸ばし機の下に像が映った。当時の駅前商店街が写っている。この前写真の世界にはいったとき、陽太郎と杏奈がはじめに歩いたあたりだった。

だが、なにも起こらない。

「さすがに時間が短すぎるか」

弘一がフットペダルを外す。

「そうだね、メッセージ書くのって、ちょっと時間かかるもんね」

杏奈が言った。

「じゃあ、次に行こう」

キャリアからネガをいったん外し、次のコマに移す。セットし、フットペダルを踏む。狭い路地が写っている。だが、ここでもなにも起こらなかった。

何コマも試したが、どこまでいってもなにも起こらない。

「ダメだ」

弘一が小さくつぶやき、電気をつけた。

「なんでだろう？」

うなだれ、じっと考えている。

「一度に三人は多すぎてはいれない、ってことはないですか？」

陽太郎は訊いた。

「いや、この前、三人ではいっただろう？　以前、客を五人連れていったこともある。そこは問題ないはずだ」

「まさか、引き伸ばし機の写真世界に行く機能がなくなっちゃったんじゃ……」

杏奈が不安そうに言った。

「その可能性もゼロじゃないが、考えにくい」

弘一は腕組みした。

「こういうことはよくあるんだ。ドンピシャの瞬間の写真がなければはいれないから……。でも、なぜだ？　あのとき新見は部室にいた。後輩に先に書かせたのかもしれないが、いくらなんでも三十分もあれば終わるだろう？」

「そうですよね。なにを書くか悩むことはあるかもしれませんが、そんなに長い文章じゃないでしょうし……」

「撮影場所の移動を考えると、駅前で写真を撮ったあと、ここまでで小一時間は経っているはずだ」

「書いたあと、それが見えない場所にはいってしまった、ということはないですか？たとえばだれか後輩のカバンのなかとか……」

「ここまでの撮影、たぶん五分に一枚くらいの割合で撮ってると思う。新見が寄せ書きを書いて、それをだれかがカバンにしまう、その一連の流れが、撮影と撮影のあいだの数分間におさまるようにも思えないが……」

「とりあえず、次、行ってみる？」

杏奈が次のネガを出し、弘一に手渡す。

「けど……。外の写真が四枚あって……その次はもうこの写真だよ」

杏奈が首をかしげながらベタ焼きを指した。

そこには暗いなか、はるか下の線路の鈍い輝きが写っていた。卒業証書と寄せ書きを陸橋から落としてしまうという惨劇のあとの写真だ。つまり、この四枚のどれかで扉が開かなければ、該当する時間の写真がなかった、ということになる。

「でも、おかしいな」

陽太郎は首をひねった。

「なにが？」

杏奈が訊く。

「この写真はまだあかるいですよね」

陽太郎は大学に向かう道の写真を指した。

「まだ日のある時間に見えます」

「そうだね」

「追いコンは夜でしょう？　飲み会の最中の写真がないのは仕方がないとして、夕方から追いコンが始まるまでの写真が一枚もないのはなぜなんでしょう？」

「たしかに、そうだな」

弘一がじっと考えこんだ。

「これって、飲み会の前に一度大学に戻った、ってことなのかな？　だんだん大学に近づいていってるように見えるけど……」

たしかに杏奈の言う通りだった。広い坂道、路地、そして、大学の門の前の道。

「そうか」

弘一が声をあげた。

「思い出した。追いコンの前にいったん大学に戻ったんだよ。夕方、指導教授の部屋に行く約束をしてたから。ほかのゼミ生といっしょに卒論指導をしてくれた先生に挨《あい》拶《さつ》に行っていた」

「じゃあ、そのあいだの写真は？」

「ない。そうだ、思い出したぞ。あのときはフィルムが尽きかけていたんだ。慣れないスーツを着るのに手間取って、家を出るときうっかり替えのフィルムを忘れてしまった」

「フィルムを忘れた？」

「大学に戻ったらもう一枚しかフィルムが残ってなかった。家まで取りに帰る時間はない。ゼミの集合写真も撮るつもりだったんだが、あきらめてほかのゼミ生が持ってたインスタントカメラで撮ったんだ。もちろん飲み会の写真もなし。でもこっちは写真部だからね。みんなカメラは持ってる。写真はほかの部員が撮ってくれるからいいか、と。で、一枚だけ残っていたフィルムであのときの線路を撮った」

「どうなるの？　その時間の写ったネガがなかったら……？」

杏奈が情けない声で訊いた。

「行けない」

弘一は即答した。

「ネガがなければあの世界には行けない」

「そんな……」

「まあ、まだ終わったわけじゃない。とにかくこの四枚を試そう。もしかしたらそのあいだに新見が文章を書き終わっているかもしれない」

ネガをキャリアにはさみ、セットする。電気を消し、三人で身がまえる。弘一がフットペダルを踏む。

坂道が映る。この前のぼったあの広い坂道だ。だが、なにも起こらない。なにも言わず、弘一は次のコマにセットし直す。路地の家々。なにも起こらない。

最後の一枚。大学の門の前。祈るような気持ちで像を見つめる。時間が経ち、あのときのように大勢の人はいない。あちらこちらに何人か、歩いている姿が見えるだけ。

そして、扉は開かなかった。

「ダメだったな」

弘一がフットペダルから足を外し、電気をつけた。

「ダメ、って……。もう新見さんの文章は見られない、ってこと?」

杏奈が呆然《ぼうぜん》とする。

「そういうことだな。まあ、これも運命なのかもしれない。あきらめるしかない。酔っ払って線路に落とした自分が悪いんだから」

弘一がははは、と笑った。

「けど、ほかに……」

杏奈が口ごもる。ほかに方法はないのか、と言いたいのだろうが、ネガはこれしかない。陸橋の写真も試してみたが、ダメだった。

「そもそも、あの日はなにかまちがってた。フィルムを忘れるなんてさ。カメラマンたるもの、フィルムを忘れるなんてもってのほか。あのときもそう思ったんだ。近いんだから、一度家に取りに行けばよかった。でも、ゼミの集合時間も迫ってて……。教授は時間にうるさい人だったし、今日はいいか、って思っちゃったんだ。卒業式の日くらい、写真より礼儀を重んじようって。バカだった。やっぱり写真を優先させるべきだった」

弘一がため息をつく。

「自業自得だよ」

そう言うと、乾いた声で笑った。

弘一を残し、陽太郎と杏奈はスタジオを出た。陽太郎は自転車をおし、杏奈と並んで歩いた。ふたりともなにもしゃべらない。

行けなかった。

なんてことだ。陽太郎はため息をついた。新見さんは写真部にいた。寄せ書きも写真部にあった。だから何枚か写真をたどれば簡単に現場に到達できると思っていたのに。まさか、行けない、とは。

こういうこともあるんだな。あの世界に行けるのは、そこにあるなにかを見たい、と強く念じたときだけ。それほど見たいと思っていても、たどり着けないときもあるということだ。探偵の仕事をしていたら、こういうことも起こるんだろう。客の望みを叶《かな》えてやれないことが。やりきれない。

「やっぱり、読んでみたい」

杏奈の声がした。

「寄せ書きのこと？」

陽太郎は訊いた。

「うん。伯父《おじ》のこともあるけど、わたし自身も、そこになにが書かれてたのか知りたい」

杏奈は前を見たまま、きっぱりと言った。

「そうだね。俺もそう思う」

陽太郎も同じ気持ちだった。

「あの手紙の内容は衝撃だった。大学生のときの先生と新見さんのことが気になる。どんなことを考えていたのか。俺たちももうすぐ大学生だろ？　年はそんなに変わらない。だから余計に気になるんだ」

「うん」

杏奈はうなずき、黙った。信号が赤に変わる。ふたりは立ち止まった。

「実はさ、君にはまだ話してなかったけど、俺の親父も国分寺大学の写真部にいたんだよね」

目の前を車が流れてゆくのを見ながら、陽太郎は言った。

「え、そうなの？」

杏奈が驚いたような顔になる。

「しかも、辛島先生のふたつ下で、同じ時期の写真部にいた」

「じゃあ、伯父のことはお父さんから？」

「いや。そうじゃない。親父が写真部にいたこともつい最近まで知らなかったんだ。いろいろあってさ、親父、いまはあまり家にいなくて……。親父も、俺が写真を習ってることくらいは知ってたんだろうけど、それが辛島先生だとは知らなかった。この前たまたま夜中帰ってきた親父と顔を合わせたとき、はじめて知ったんだ」

「そうだったんだ」

「親父がずっと写真を続けてたんだったら、また話は別だったんだろうけど。卒業してから写真はやめちゃって……。このカメラは親父からもらったんだよ。親父が大学時代に使ってたやつ。そのときはそんなことも知らなかった。ずっと部屋に飾られてて、写真やりたいって言ったら、くれたんだ」

　陽太郎は首から下げたカメラをじっと見た。

「こんなこと話すのは変だけど……。うち、いまなんていうか、不安定な状態で……。両親がうまくいってないんだ。親父の母親の介護のこととかいろいろあってさ。親父は毎日深夜にならないと帰ってこない」

　そんな言葉が口からこぼれ、陽太郎はあわてた。なんでこんなこと話してるんだろう。学校でもだれにもしたことがなかったのに。

「そうなんだ」

　杏奈が答えた。

「でもさ、この前、写真のことで久しぶりに親父と話せて……なんか、うれしかった」

「よかったね。真下くん、きょうだいはいる？」

「うん。妹がひとり。むかしはうるさいやつだったんだけど、両親がうまくいかなくなってから、全然笑わなくなっちゃってさ。俺より母親といる時間が長いし、愚痴ばっか聞かされているみたいで……」

「そうか、それはこたえるよね」

　杏奈は空を見上げた。自然に受けとめられた気がして、陽太郎はほっとした。

「親ってさ、夫婦喧嘩は自分たち同士だけの問題だと思うみたいだけど、結婚しなければよかった、とか、自分の人生まちがってた、とか言われると、子どもも地味に凹《へこ》むよね」

杏奈がぼそっとつぶやく。陽太郎はその横顔をじっと見た。そういえば、彼女のところも両親が離婚してる、って言ってたっけ。

「自分の存在を否定されたみたいに感じる。自分はまちがって生まれた、自分の存在は望まれてなかった、みたいな」

「君も……そういうこと、あったの？」

陽太郎は訊いた。

「うーん、忘れちゃった。あのころは毎日が嵐みたいで。毎日その日を終えることができるだけでほっとしてたから。わたし、きょうだいいないんだ。だからお母さんとふたりっきりで、お母さんの感情、もろに全部受けとめるみたいになっちゃって」

ははは、と苦笑いする。

陽太郎はなんと答えたらいいのかわからなくなった。

「あのころは感情が麻痺《まひ》してたんだと思う。でもいまになってみると、なんか、自分がいなければいい、みたいな、そんなこと思ってた気がする。直面してるときはわからないんだよ、たいてい。自分がなにを感じてるか、とか」

陽太郎も杏奈の言っていることがわかる気がした。自分ももう母親の愚痴をスルーしている。聞いても、聞かなかったことにしている。そうしないと心がもたない。十羽もそうだ。心を別の世界に飛ばすことでやりすごしているのかもしれない。

「ごめんね。立ち入ったこと言っちゃったかな」

杏奈はすまなそうな顔で陽太郎を見た。

「いや、いいんだ。話せて、少し心が軽くなった気がする。家のこと、いままでだれにも話したことがなかったんだ。同情されたりアドバイスされたりするのはわずらわしいし、見当ちがいな答えが返ってきたら、自分が壊れてしまう気がしてた」

「そうか」

「けど、話してよかったよ。俺がいま苦しいのはそんなに変なことじゃないんだ、俺が弱いからじゃないんだ、って思えた」

「なら、よかった」

杏奈は前を向き、歩き出す。いろいろあったんだろうな、と陽太郎は思った。杏奈が大人びて見えるのはそのせいかもしれない。

「ねえ、真下くんのお父さん、伯父のこと、覚えてた?」

「覚えてるなんてもんじゃないよ。新見さんと辛島先生は、写真部のヒーローだったんだ。後輩はみんな新見さん派と辛島先生派に分かれてた、って。ふたりともすごい人だった、って言ってたよ」

「へえ、そうなんだ」

　杏奈がくすっと笑う。

「逸話もいろいろ聞いた。よくふたりで言い争ってた、とか、ふたりの争いに口を挟んだ後輩がとばっちりで殴られた、とか」

「で、真下くんのお父さんはどっち派だったの？」

「辛島先生派だったみたいだよ。先生の真似をして家に暗室を作って、一日フィルム三本撮影現像しようとしてた、って……」

「え？」

　杏奈が陽太郎を見た。

「ちょっと待って。そのころの写真って、もうないの？」

　杏奈に言われ、頭をうしろからがつんと殴られたような気がした。

――もちろん飲み会の写真もなし。でもこっちは写真部だからね。みんなカメラは持ってる。写真はほかの部員が撮ってくれるからいいか、と。

　さっきの弘一の言葉を思い出す。ほかの部員が撮ってくれる。写真部だから、みんなカメラを持っている。

「もし、父さんのネガのなかに寄せ書きが存在する時間のものがあれば……」

そのネガを借りれば……。そのなかに目指す時間を撮ったものがあれば……。

あの世界に行ける？

「でも、結婚して実家を出るとき、暗室機材はあらかた処分しちゃった、って……」

「それは機材でしょ？　ネガやベタ焼きはとってあるかもよ」

父さんも一時は写真に取り憑《つ》かれた人間なのだ。写真をやめると決意すれば、場所を取る機材は処分するだろう。でもネガは……。自分が撮りためていた時間を簡単に捨てられるとは思えない。

「訊《き》いてみる」

陽太郎は言った。

「今日、親父が帰ってくるのを待って、訊いてみるよ」

陽太郎の言葉に、杏奈は大きくうなずいた。

13

祥子と十羽と三人の食事を終え、陽太郎は部屋に戻った。今日は茂の帰りを待たなければならない。それまで現像作業をすることにした。

十羽はどこかに出かけていたらしく、夕食のときはずいぶん疲れた様子だった。現像をはじめても顔を出さない。ちょっとさびしい気もしたが、十羽がいない方が仕事ははかどる。申し訳ないが、集中力が全然ちがう、と陽太郎は思った。

前にベタ焼きを作っておいたネガの引き伸ばし作業も行った。ブランクがあるせいか、ブレボケやピントの甘い写真が多い。先生に見せたら渋い顔をされるだろう。

午前一時をまわったころ、玄関から鍵《かぎ》を開ける音がした。茂が帰って来たらしい。作業を中断し、廊下に出た。

「ああ、陽太郎、起きてたのか。現像か？」

「うん、まあね。でも、それより、父さんを待ってた」

「俺を？」

茂は陽太郎を見た。

「もしかして、写真のことか？」

「写真……じゃないんだけど、関係はある」

「なんだ？」

茂はカバンをおき、洗面所にはいった。手を洗い、うがいする。

「前に話してくれた新見さん、って人のことなんだけど」

陽太郎はうしろから話しかけた。

「ああ、新見先輩の……。どんなことだ？　知ってることならなんでも話すけど……」

鏡越しに目が合った。

どう切り出したらいいのだろう。写真世界の話をするわけにはいかない。陽太郎は少し迷った。

「今日辛島先生と新見さんの話をしたんだ。そしたら、先生、卒業のときの新見さんの寄せ書きのメッセージが読みたかった、って……」

「寄せ書き？」

茂がふりかえり、じっと陽太郎を見る。

「ああ、そういえば、辛島先輩、寄せ書きを線路に落としちゃったんだっけ。いっしょにいたやつからあとで聞いたよ。それでもう一度メッセージを書かされたんだ。新見先輩にも連絡してたと思うけど」

茂はつぶやきながらキッチンに移動した。

「いや、それが連絡つかなかったらしいよ。だから先生は新見さんの寄せ書き、読んでなかったみたいで……」

「そうなのか。いまとなっては本人もいないし、それは読みたいだろうなあ」

茂は食卓の椅子に座った。陽太郎も向かいに座る。

「新見先輩のメッセージのことはなんとなく覚えてるよ」

茂はいつになく真剣な顔になった。

「父さん、読んだの？」

陽太郎はあわてて聞いた。

「読んだよ。書いてもらったとき、その場にいたから。新見先輩が辛島先輩を認めていたことが伝わって来て、なんかこう、じんと来たのを覚えてる。だが、すまん。正確な文面は思い出せない」

もう何十年も前のことだ。さすがに覚えてはいないだろう。

「そのころの父さんの写真って残ってないの？」

陽太郎は訊いた。

「写真？」

「うん。父さんが写ってるやつじゃなくて、父さんが撮った写真。そしたらそこに辛島先生や新見さんが写ってるかも、って。先生のベタ焼きは見たけど、新見さん写ってるのはなかったんだ。でも、そんなむかしのもの、とってないか……」

「あるよ」

茂はあっさり言った。

「ほんとに？」

「ああ、実家にね。引き伸ばした作品はだいぶ処分してしまったけど、ネガとベタ焼きはね。どうしても捨てられずに残してある。そういえばあのなかに……」

茂の目が宙を泳ぐ。

「あのときの写真もあるはずだ」

「あのとき？」

「新見先輩が寄せ書きを書いていたときだよ」

「えっ？」

陽太郎は思わず声をあげた。

「写真部の部室でね。新見先輩が寄せ書きを書いてるところを、横から何枚か撮ったんだ。そうだ、もしかしたら、ひょっとしたらあれに寄せ書きの文章が写ってるかもしれないいな。ベタ焼きしかないけど、大きく引き伸ばせば読めるかも……」

「ほんと？」

まさかここまでドンピシャの写真がくるとは……。

「そのネガ、貸してくれる？　辛島先生のところに持っていきたい」

「まあ、ネガさえあれば、引き伸ばせるだろうしな。ほかにも辛島先輩や新見先輩が写ってるのが何枚もあると思うよ」

「先生の？」

陽太郎は茂を見た。そういえば父さんはどんな写真を撮ってたんだろう。

「俺はわりと人物写真が好きだったからよく人を撮ってたんだ。辛島先輩はあまり人の写真を撮らなかったんだよね。撮っても遠景。それに新見先輩とはなにかとぶつかってたからね。だから辛島先輩のところには新見先輩の写真はないと思うんだ」

たしかに、先生のあのころのベタ焼きに人が大きく写った写真はなかった。

「じゃあ、明日《あした》、そのネガとベタ焼き、探しに行くか？」

茂はうれしそうに笑った。

「え、明日？　いいの？」

急な話に陽太郎は驚いた。いつも土日も出勤しているのに、大丈夫なんだろうか。

「いいさ。明日は会社、休みだから」

「そうなんだ」

「このところ休日出勤が続いてたから。明日は久々に一日休み。それに、おばあちゃんのところに顔出さなくちゃ、ってずっと思ってたんだ。ちょうどいい。明日いっしょに行こう」

茂の言葉に、陽太郎は大きくうなずいた。

次の朝、陽太郎が起きてきたときには、祥子と十羽の姿はなかった。昨日の夕食のとき、明日は十羽の服を買いに出かける、と言っていたのを思い出した。茂も起きてきて、ふたりで家を出た。

車の助手席に乗り、シートベルトを締める。父さんといっしょに出かけるなんてずいぶんと久しぶりだ。忘れていた感覚がよみがえってくる。陽太郎は息をつき、シートにもたれた。

ほんの数年前までは、こうやって何度もドライブしたのに。あのころは俺も十羽もまだ子どもで、なにもわかっていなかった。

晴れていて、車の窓から青空が見えた。雲が流れていく。なにもかもゆっくり動いているように見えた。

茂の実家まで、車で二十分もかからない。空っぽになっているガレージのドアを開け、車を入れた。前は孝が乗っていた車があったが、死後処分してしまった。ばたん、とドアを閉めながら、ここに来るのも久しぶりだ、と陽太郎は思った。

インタフォンを押すと、房江の声が返ってきた。茂は持っていた鍵でドアをあけ、なかに入った。

「茂、久しぶりだね」

玄関に出てきた房江が言う。ちょっと見ないあいだにずいぶん小さくなった、と陽太郎は思った。しぼんでしまった、というべきか。祖父が亡くなる前もそうだった。これが老いるということなのか。

「大学、合格したんだってね、おめでとう」

「ありがとうございます」

うつむき、小声になった。

「まったく、全然顔を出さないから、お前も陽太郎も。薄情だねえ、男の子っていうのは」

房江の嫌味に、茂は苦笑いした。

「そう言わないでくれよ。仕事が忙しいんだ」

「仕事ねえ。おじいちゃんもそうだったよ。そうやって面倒なことは全部わたしに押しつけてた」

母さんと同じことを言う。陽太郎は祖母の目尻《めじり》の深い皺《しわ》をぼんやりながめた。

「俺も祥子によく同じことを言われてる」

「祥子さんもね、いやいやなら来なくていいのに。ああいう顔で来られると、お荷物だ、って言われてるみたいで、余計に気が滅入《めい》る」

吐き捨てるように言った。

「なんか困ってること、ない？　手伝うことがあればやっとくけど」

茂が困ったように答えた。

「ないよ。なんだって自分でできるんだから」

ぷいっと横を向く。陽太郎は部屋のなかを見回した。あちこちに洗濯物や食べ物のゴミが散らばって、片づいているとは言えない。鉢植えも枯れたままになっている。祖父が生きていたころはこんなふうじゃなかった。

「で、今日はなにしに来たの？」

「いや、ちょっとね。むかしの荷物のなかに探したいのもあって……」

「そんなことだろうと思った。わざわざ年寄りに会いにくるなんて、お前らしくない」

そう言って、笑った。

「そんなことないよ。ずっと母さんのとこに行かなきゃ、って思ってたんだよ」

「そうかねえ。まあ、いいよ。どうせお前たちは家には居着かない。お前の部屋はそのままになってるよ。勝手にあがって見たらいい」

むかしから皮肉や嫌味をよく言う人だったが、ひとりになって一層偏屈になった気がする。これでは母さんも大変だろう、と陽太郎は思った。

二階に上がり、むかし茂が使っていた部屋にはいった。雨戸がしまっていて真っ暗だ。茂が電気をつける。部屋のなかは物置同然になっていた。

「ああ、なつかしいな」

茂はあたりを見回すと、はいって右側の壁際に置かれた長机の前に立った。

「ここで暗室作業をしてたんだよね」

長机に手を置き、上に積もった埃《ほこり》をはらう。

「雨戸が閉まるから、このドアの隙間から入ってくる光を防げば、完璧《かんぺき》な暗室になった」

陽太郎も、子どものころ何度かこの部屋にはいったことがある。そのころはまだここまで物置ではなく、居室らしい姿をしていた。だが、茂がここを暗室に使っていた、なんてことはそのときは知りもしなかった。

「この部屋も、そのうちちゃんと片づけなくちゃいけないいんだよな」

茂は天井を見上げた。

「片づけ？」

「いつまでもおばあちゃんひとりにはしておけないからね。俺たちがここに住むことはないだろうし、この家もいつか処分することになるだろう」

「でもさ、うちは賃貸じゃないか。いつかここに住んだって……」

「母さんがさ、嫌だって。ここに住むのだけは嫌だって」

茂がうつむいた。

「やっぱり母さんには藤沢の方がよかったんだろうな」

下を向いたまま、ぼそっとつぶやく。

場所の問題ではなく、母さんはもう父さんと家を建てる気はないと思う。喉《のど》から言葉が出かかり、あわてて呑みこむ。父さんだってわかっているはずだ。

「どこで失敗したんだろうな。いや、わかってる。こうなったのは全部俺のせいなんだ。俺が無責任だったから。業績不振の会社のことで頭がいっぱいだったんだ。家のなかのことなんて、どうとでもなるだろう、って軽く考えて……」

茂は大きくため息をついた。

「おばあちゃんも、ほんとはうちで引き取ればいいんだろうけど、母さんがね。もう無理だって。おばあちゃんの方からしても、いっしょに住むのは無理だろう。おばあちゃんも、むかしはあんなじゃなかったんだよ。母さんの、勉強したいとか、自分の時間を持ちたいとか、そういう気持ちも理解して、できるだけ応援する、って言ってた。自分の時間なんてわたしのころにはこれっぽっちもなかった、だから祥子さんには同じ思いをさせたくない、って」

茂の話を聞きながら、陽太郎は部屋のなかを見回した。

あちこちに山積みになっている家具やガラクタ同然のものたち。もうこの家で使われることは絶対にないだろう。だけど、祖母ひとりではゴミに出すことさえままならないのだろう。捨てることもできず、この部屋に積み重なっていっている。

「いろいろ考えて、介護つきのマンションか、ホームを探してる。だけど、おばあちゃんはそういうところにははいりたくないんだよ」

だからさっき、なんでも自分でできる、って言い張ってたのか。

「俺にとってはさ、ここは自分が育った家だ。自分の人生の何分の一かがここに詰まっている。いや、子どものころの時間っていうのは、いまの何倍も長く感じるからね。実際にいた時間以上の思いが詰まってるんだって、最近思うんだよ」

茂は陽太郎を見た。

「この家を処分する。家がなくなる。この部屋もなくなる。そのときのことを思うと、自分の人生がだんだん幕を閉じていくような気がして、さびしくなる」

「なに言ってるんだよ。父さんはまだ五十代じゃないか」

陽太郎は無理に笑おうとした。

「そうなんだけどさ。はじまったものはいつか終わる。そういうことが見えてくるんだよ、この年になるとさ」

茂は押入れをあけた。

「ここに来ると、そういうことばかり考えてしまう。だから足が遠のく。いつかは考えないといけないことなのに……ダメだな、俺は。いかんいかん、なんだか暗い話をしてしまった。ネガとベタ焼き、探そうか」

段ボール箱を引っ張り出し、なかを確認する。

「これじゃ、ないなあ。もう少し大きな箱だった気が……」

押入れに詰まった箱を次々に取り出す。

「ああ、これだ」

押入れの下の段のかなり奥の方から出てきた箱を見て、茂が声をあげた。箱の蓋《ふた》に「ネガ、ベタ焼き」と書かれている。箱を開けると、弘一のと同じスクラップブックと、ネガケースのはいった箱が出てきた。

「うわあ、なつかしい、を通り越して、恥ずかしいな、これは」

茂は照れ臭そうに笑った。

スクラップブックを一冊取り出し、ページをめくる。ネガが一面に貼られている。弘一のスクラップブックにそっくりだった。

「新見先輩……ああ、あった。ほら、この人だよ」

しばらくして、ベタ焼きの一枚を指して茂が言った。小さなコマだからそのままではよく見えない。陽太郎は持ってきた写真用のルーペを使ってベタ焼きを見た。体格がよく、浅黒い、意志の強そうな男が写っている。

「それからこっちが辛島先輩」

写真部の部員だろうか、同年代の学生に囲まれているが、ひとりだけぼんやりと別の方を向いていて、つかみどころのない表情をしていた。

「ふたりがいっしょに写ってる写真はあまりなさそうだ。けど、なつかしいよ。みんな若いなあ」

茂は楽しそうに笑った。

「辛島先生たちの卒業式の日は？」

「そうだったな。ええと……」

茂はスクラップブックの背に書かれた日付を確かめ、一冊抜き出す。

「これじゃないかな」

スクラップブックを開き、めくっていく。

「これが大学祭のときの写真だ。ああ、そうだ、これこれ」

茂が指した先に、男がふたり写っていた。

「これ、辛島先生……」

陽太郎はベタ焼きにルーペを近づけた。

もうひとりは新見らしい。写真が貼られた壁を背に、向かい合っている。ふたりとも険しい表情だ。新見の方は前のめりになり、手を大きく振りながら、なにか話しているようだ。

「このときも大喧嘩になったんだよな。辛島先輩の写真のことで……」

「もしかして、木の下に立っている男女の写真のこと？　前に辛島先生から聞いたんだけど」

「そうそう。新見先輩が、お前はこんな写真を撮ってるだけでいいのか、って食ってかかって……。俺は横でこっそりシャッターを押したんだよ。言い争っているふたりがすごくいい表情だったから。ふたりとも夢中で話してたからばれずにすんだんだっけ」

茂はくすくすっと笑った。

陽太郎はルーペでふたりの顔をじっと見た。大きく手を振る新見と少し腐ったような顔で斜めにかまえる弘一。たしかにいい表情だ。

「で、卒業式、と……」

茂はさらにページをめくる。コマのなかで少しずつ季節が進んでいく。秋から冬へ。正月がすぎ、雪の風景。そして、春。

「ああ、このあたりだな」

茂が指差す。袴《はかま》を着た女子学生が写っている。卒業証書を手にした学生たちがたくさん体育館の前に集っていた。

卒業式だ、と陽太郎は思った。

笑いながら手を振る女性や、変なポーズを作る男子学生たち。しばらく屋外の写真が続いたあと、室内に移った。

「これは……写真部の部室だな」

茂が言った。陽太郎はルーペをあて、まじまじと見た。

あのとき、部室にはいりこむ直前に弘一が見つかったので、結局室内は見ていない。壁には写真らしきものがぎっしり貼られている。部員が数人集って、なにかしゃべっていた。

「あ、この写真、寄せ書きが写ってるぞ」

茂が少し先のコマを指す。寄せ書きという言葉に陽太郎はどきんとした。

「俺たちの代の菅谷《すがや》だな」

茂がルーペをのぞいて言った。陽太郎も続いてルーペをのぞく。

いま寄せ書きを書いているのが菅谷さんという人なのだろう。寄せ書きも斜めだが写っている。引き伸ばせば読めるかもしれない。だが、妙な感じだ。紙面の半分くらいメッセージで埋まっているが、右半分に寄っている。

「この寄せ書き、なんで右半分しか書かれてないんだろう？」

陽太郎が言うと、茂が、ああ、とつぶやいた。

「思い出したよ。これは辛島先輩宛の寄せ書きだ。なんで右に寄ってるかっていうと、このとき、新見先輩がなかなかメッセージを書いてくれなかったんだよ。うまくまとまらないから、先に書いてくれって。で、新見先輩の場所を空けとかなくちゃ、ってみんな気をつかって、はじめのうち妙に右半分に寄っちゃったんだよ」

「そうだったんだ」

つまり、この時点ではまだ新見さんのメッセージは書かれていない、ということだ。

「結局、新見先輩がメッセージを書いてくれたのは、追いコンに出かける寸前で……。みんないろいろ用事があってどっかに行っちゃって、部室に残ってたのは菅谷と俺と、あとだれだっけ……二、三人しかいなかった。ええと、もう少しあとだな……」

茂がベタ焼きを指で追った。

「これだ」

茂がうれしそうに一コマを指す。

新見が寄せ書きの前にいた。そこからしばらく似たようなアングルの写真が続く。寄せ書きに向かう新見の表情を追ったものだった。

一コマ目では、新見は寄せ書きの紙をじっとにらんでいる。それからペンを持って、なにか書いている写真。ルーペを使って追いかけていくと、最後に新見が満足したようにペンを措《お》く様子が写っていた。

あった。陽太郎は身体の力が抜けるのを感じた。

新見のメッセージの内容は、この瞬間に封じこめられている。

「うーん、角度のせいで、寄せ書きの文面までは読めないなあ」

茂が残念そうに言った。

新見の横顔がメインなので、寄せ書きの方はかなり斜めからの撮影になっている。

文字は読めない。だが、かまわない。あの引き伸ばし機を使えば、どの角度からでも見られるのだから。

「いや、これだけはっきり表情がわかれば、辛島先生も喜ぶと思うよ」

「そうだな。文は読めなくても、書いたときの新見先輩の顔を見られれば、少しはちがうかもしれない」

嚙《か》みしめるように言った。

「ただ、ひとつお願いがあるんだ」

「なに？」

「さっきの、ふたりいっしょに写ってるネガも持って行ってくれないか。そして、引き伸ばしてほしいんだ、俺の分も」

「父さんの分？」

「久しぶりにあのころのふたりの顔をしっかり見てみたくなった」

じっとベタ焼きを見おろす。

「ふたりは俺のヒーローだったんだ」

茂はそう言って目を閉じた。

「わかった。頼んでみる。大丈夫。焼いてくれるよ」

陽太郎はにっこり笑った。

14

弘一と杏奈にネガが手にはいったことをメールすると、すぐにふたりから返事がきた。茂は、今日はもう少しゆっくり房江と話していきたい、と言う。陽太郎はひとり電車に乗り、弘一のスタジオに向かった。

陽太郎が着いたときには、杏奈はもう来ていた。

テーブルの上にリュックを置き、なかからスクラップブックとネガを取り出す。付《ふ》箋《せん》の貼られたページを開き、例の写真を指さした。弘一はベタ焼きに目を近づけた。ルーペをあて、じっと見つめている。

「新見……」

それだけ言うと、すうっと息をついた。

「まちがいない。新見だ」

弘一は小さな声で嚙みしめるようにつぶやく。しばらくベタ焼きを見つめたあと、顔を上げ、陽太郎を見た。

「ありがとう」

「いえ、見つかってよかったです」

陽太郎は照れたように言った。

「じゃあ、これで行けるってことだね」

杏奈もうれしそうに言った。

「そうだな。しかも現場の写真だから、歩く必要もない」

弘一は笑った。

「あ、あと、すみません。もう一枚」

陽太郎はスクラップブックの別のページを開き、例の写真を見せる。

「父が、めずらしく新見さんと先生がいっしょに写っている写真だから、って」

「うわあ、これは……」

ベタ焼きの小さなコマを見るなり、弘一が声をあげた。

「真下はこんなところを撮ってたのか」

「すみません」

陽太郎は思わず謝った。

「いや、いいんだよ。撮られたとき気づいたら怒っただろうが、これも記録だ。真下が撮ってなかったら、どこにも残らなかった。ありがたいよ」

弘一はルーペを使い、一連の写真を眺めた。

「真下は人物を撮るのがうまかった。表情を捉《とら》えるのが得意で、人物写真に関しては真下の右に出るものはいなかった。新見やわたしとちがって雰囲気がやわらかいし、気負ったところがない。だから被写体もいい表情を見せる」

「そうだったんですか」

茂が褒められると、陽太郎も悪い気はしなかった。雰囲気がやわらかい。人物写真を撮るのがうまかった。若いころの父の像がぼんやり見えた気がして、不思議な気持ちになる。

「構図のセンスもよかった。まあ、ピントに関しては甘いときが多かった気がするけど。その点は、お前とちょっと似てる」

弘一が笑った。

「だが、真下は真下で、わたしたちには撮れない写真を撮ってたと思うよ」

「ほんとですか？　父は、新見さんや先生は雲の上の人だった、って……。でも、先生の真似をして、日々撮影現像を続けてたみたいです」

「そうなのか。知らなかった」

弘一はスクラップブックを見下ろした。

「不思議だな。あのころの大学。あのころの国分寺。わたしと近い場所にいて、同じ時間を生きていたのに、ここにはわたしの写真とはちがうものが写っている。場所もちがう、時間もちがう、見る場所も見方もちがう」

弘一が目を閉じ、息をつく。

「でも……。真下も新見もわたしも……こんなふうにここにいた」

父さんの見ていた世界。それがここにある。陽太郎もじっとスクラップブックを見下ろした。父さんは写真をやめてしまった。このネガもずっと箱に詰められて、押入れに眠っていた。でも、いまこうして俺たちが見ている。

「ひとつお願いがあります。父から言われました。もしこの写真を現像する、ってことになったら、自分の分も焼いてほしい、って」

陽太郎は言った。

「もちろんだよ」

弘一はうなずいた。


暗室に行き、ネガを引き伸ばし機のキャリアにセットする。

「これならまちがいなく行ける。じゃあ、行こう。電気を消してくれ」

弘一の言葉にうなずき、陽太郎は電気を消した。

弘一がフットペダルを踏む。

引き伸ばし機の下に像が映る。最初はぼんやりした像だ。

弘一がゆっくりとピントを合わせる。像がくっきりしはじめ、写真部の部室と人々が見えはじめた。

これが新見さん……。

がっしりとした身体つき。張った顎《あご》。意志の強そうな目。寄せ書きを目の前に掲げ、じっと見ている。

と思った瞬間、像が大きく広がり始める。立体になり、目の前にモノクロの風景がゆらゆらと揺れはじめる。この前と同じだ。

身体がぐらっとした。目を閉じ、踏ん張る。

ふたたび目を開けたとき、陽太郎はモノクロの世界にいた。写真部の部室。壁には写真がたくさん貼られている。出入口に使っている窓の近くには水道。古いガラス窓から入ってきた光が、机の上を照らしていた。

目の前にはモノクロの新見と三人の学生がいた。

新見は寄せ書きを見つめ、少し首を傾けている。寄せ書きをのぞきこもうと、横から首をのばす男子学生。その頭を叩《たた》こうとしているうしろの女子学生。

もうひとりは陽太郎の方を見ている。

自分ではない、自分のうしろを見ているのだと気づき、陽太郎はふりかえった。

カメラをかまえた男がいた。

父さん。

陽太郎はぼんやりと男を見る。いま自分が使っているニコンF3をかまえている。白いシャツに色の濃いセーター、擦り切れたジーンズ。いまより細く、顔の皺《しわ》もない。大学生の父さん。

ここは父さんが見た世界なんだ。不思議な気持ちで陽太郎はあたりを見まわした。

「来たね」

杏奈の声がした。杏奈と弘一が新見の横に立っていた。

「寄せ書きは……?」

陽太郎はふたりに訊《き》いた。

「うん、もう書きあがっている」

杏奈が答えた。弘一はじっと寄せ書きを読んでいる。

陽太郎も新見に近づく。目を凝らし、新見の書いたメッセージを探した。

あのときは批判したが、改めていま見ると、大学祭の木の葉の写真、悪くないよ。あの木の葉の影の先に、お前の真実がある気がする。ほかのだれにも見えない、お前だけの真実が。俺はあのとき、そのことをうらやんでいたのかもしれない。お前のことは認めている。この世でお前の言葉だけは信じられる。ずっとそう思っていた。お前が写真そのものだからだ。お前はお前の道を行け。俺は俺の道を行く。お前だけの真

実。いつかそれを見せてくれ。　新見賢也

角張った字でそう書かれていた。

この前読んだワープロの手紙の文面が陽太郎の頭をよぎる。

震災のときに写真を撮れなかったこと。その後のアメリカでの答えの出ない調査。日本に帰ろうと決意したこと。

——俺が写さなければならない現実は、そこにある。

帰ってきたら、彼はなにを写すつもりだったのだろう。

「お前が写真そのものだから。なんか、カッコいいね」

杏奈の声がした。

「青いなあ」

弘一が苦笑いする。

「若かったんだな、おたがいに。たったひとつのほんとのことがどっかにあるって信じてた。わからないことだらけで。だからいろんなことをわかりたかった。だが、結局わかることとなんてなにもない」

「そうなの？」

杏奈が首をかしげる。

「そうだよ。世界は、わたしたちに理解されるためにできてるわけじゃないから」

少し笑いながら、弘一は天井を見あげた。

「結局、真実なんてものも見つからなかったなあ」

そう言って、新見を見る。

「お前も、そうだろう？」

泣きそうな笑顔で、モノクロの新見に話しかける。新見は動かない。返事もない。

「あるのはいつだって光だけだ」

弘一は寄せ書きの文字を指でたどった。

「わたしたちはここにいた」

指をはなし、天井を見上げる。

「いまわかったよ。ここがわたしたちの出発点だった。別の道を歩いていたけど、ここが出発点であることは変わらない。わたしが生きている限り、新見が存在していた記憶は消えない。だから、もう少し進むよ。行けるとこまで行く。光はいつだってあるんだから。なあ、新見」

弘一は目を閉じた。

陽太郎も壁の写真をながめる。茂の撮ったものを探した。

人物のアップの写真が数枚。撮影者の名前はないが、きっとこれがそうだろう、と陽太郎は直感した。

「ああ、真下が撮った写真は、それだよ」

うしろから弘一の声がした。

「やっぱりそうだったんですね。なんとなくそんな気がしました」

なにかを真剣に見つめる年老いた女性の横顔。バスを待っている女性の所在ない表情。瞬間の表情が切り取られ、どれも意外な美しさをはらんでいた。

こんな写真を撮ってたんだ。

これが父さんの写真。父さんが見ていた世界。若いころの、俺が生まれるずっと前の、父さんが見ていたもの。

——自分の顔って、意外と知らないもんなんだよね。

いつだったか、茂がそんなことを言っていたのを思い出した。

——人はみんな鏡に映った自分の顔ばかり見てるだろう？　でも実は、鏡の前では人はかぎられた表情しかしない。ほんとはもっといろんな表情があって、まわりの人は見てるけど、自分は見てない、知らないんだ。

——そうかなあ。

——そうなんだよ。カメラを向けられたときも、同じ表情になる。でも、なにか別のことをしてるときにこっそり写真を撮ると、知らない表情が撮れる。それを見て本人が驚くこともあるんだよね。

　陽太郎が小学生のころのことだった。写真に興味を持つより前だったし、あのときはなんで茂がそんな話をしたのかよくわかっていなかった。なのになぜか、妙に心に残っていた。

「そういえば、寄せ書き、伯父《おじ》さんは新見さんになんて書いたの？」

　杏奈の声がした。

「そういえば……なにを書いたんだっけ」

　弘一はそう答え、ぽかんとした顔になる。

「覚えてないの？」

「うん」

「全然？」

「うん」

　弘一がそう答えると、杏奈はあきれたようにため息をついた。

「きっとこの世界を探せばどこかにありますよ。探しに行きますか？」

　陽太郎は提案してみた。

「いや、いいよ。どうせロクなことは書いてないんだ」

　弘一はすぐに答えた。

もしかしたら、ほんとは覚えているのかもしれない。だから見る必要がないのかもしれない。どちらにしても、それは弘一だけの問題だ、と陽太郎は思った。

「寄せ書きの文面、書き写しますか？　写真に撮ることはできなくても、手で書き残したものなら残るんじゃないですか」

陽太郎が訊く。

「残るよ。でも、必要ない。いま見たから、これでいいんだ」

「ほんとに？」

杏奈が訊いた。

「いいんだよ。とっておけるものなんて、なにもない。書き写したからと言って、自分のものにできるわけじゃない」

「でも、もう二度とここには来られないんでしょ？　一枚の写真にはいれるのは一回きりだって……」

「いいんだよ。ほんとうに。あの文面はいまの世界に持ち帰りたくない。これはここにあるだけでいい。だから、ここに置いていきたいんだ」

弘一はきっぱりと言った。

「ただもう少しだけ、この世界を見させてくれ」

「わかった」

杏奈も引き下がった。

弘一は部室の壁をながめた。一枚一枚の写真をじっと見つめながら、ゆっくりと部室のなかを移動していく。

陽太郎はカメラを持った父親にもう一度近づいた。茂の実家で、子どものころや若いころの茂の写真は見たことがある。だが、こうして立体になっていると全然ちがう。モノクロではあるが、本物と出会ったような気持ちになる。

父さんは人物の写真を撮るのが好きだったんだね。

若い父親に話しかける。自分と同じ年くらいの父親に。もしこのころの父親に会ったら、どんな話をするだろうか。話は合うだろうか。仲良くなれるのだろうか。このときどんな思いで写真を撮っていたんだろう。訊《き》きたいことはたくさんある。

「お父さんなんだよね」

杏奈がうしろから訊いてくる。陽太郎は無言でうなずいた。

「似てるね、陽太郎くんと」

「そうかな。わかるの？　カメラで顔が半分以上隠れてるのに」

カメラだけじゃない、カメラを支える手で顔の下半分もあまり見えない。

「え、わかるよ。顔の形とか骨格とか、立ち方とか」

杏奈は茂の隣に立ち、カメラをかまえるポーズを真似する。その仕草がおかしくて、思わず笑いそうになる。

「小さいころは母親似って言われることが多かったんだけどね」

陽太郎はつぶやいた。

だが高校に上がったころから、お父さんに似てるね、と言われることが増えた。あたりまえのことだけど、俺は父さんと母さんの子どもなんだよな。

父さんもむかしは若かった。俺もいつかいまの父さんの年になる。信じられないけど。

──はじまったものはいつか終わる。そういうことが見えてくるんだよ、この年になるとさ。

茂の言葉が耳の奥によみがえる。みんな、生きて、死ぬ。だからそれまで、しっかり自分の道を歩かなくちゃならない。

父さんとちゃんと話そう。母さんとも、十羽とも。

この前杏奈と話したときのことを思い出した。言葉にしたことで、だれかにそれを語ったことで、はじめてわかったこともたくさんあった。だからちゃんと言葉にして伝えよう。これから家族がどうなるとしても、逃げちゃいけないんだ。

「ありがとう。もうじゅうぶんに見たよ」

うしろから弘一の声がした。

「帰ろう」

「いいの？」

杏奈が訊く。

「大丈夫。もう全部、目のなかにおさめた」

弘一がゆっくりと答える。そして、カメラをかまえた茂の前に立った。

杏奈と陽太郎も弘一の横に立つ。

「ありがとな、真下」

弘一の声がした。

――さよなら、大学生の父さん。

陽太郎も心のなかでつぶやいた。そして、茂のカメラのレンズをじっとのぞきこむ。

――また現実でね。

そうとなえた瞬間、モノクロの風景がぐらりと揺れた。


気がつくと、仄暗《ほのぐら》い暗室にいた。

帰ってきたんだ。陽太郎はほっと部屋のなかを見まわした。

ぱっと電気がついて、部屋があかるくなる。杏奈がスイッチを入れたらしい。

「帰ってきたたな」

弘一が言った。いつもの調子だった。

一瞬、あの古い部室が陽太郎の頭のなかに浮かびあがった。

ぼろぼろの壁、ところせましと貼られた写真、部員と新見さん、新見さんが見つめる寄せ書き。あれが先生と新見さんと父さんのいた場所。

──お前が写真そのものだから。

新見の言葉が胸のなかによみがえる。

──だから、もう少し進むよ。光はいつだってあるんだから。

弘一はそう言った。進むというのがどういう意味かわからないが、弘一がまだ歩き続けようとしていることが、強い光のようでうれしかった。

「先生、俺……。写真探偵の仕事、やります」

陽太郎の口から、ぽろっと言葉がこぼれ落ちた。

ちゃんとできるかどうか、いまはわからない。責任を負うのは怖い。だが、なにも選ばずにずるずると生き続けたら、きっと後悔する。

「そうか」

弘一がうれしそうな顔になる。

「じゃあ、わたしもやろっかな」

杏奈が言った。

「なんか、楽しそうだし」

照れ隠しのような笑いを浮かべる。写真世界を意気揚々と探索する杏奈の姿を思い出し、陽太郎も少し笑った。

「いいんじゃない？　似合ってると思うよ。俺も辛島さんがいてくれると助かる」

「そうかな？」

杏奈はまた照れたように笑った。

それに、と陽太郎は思った。もしかしたら彼女自身、あの世界で見たいものがあるのかもしれない。

「そしたらお前も、少しは写真のことを覚えるかな」

弘一がはははっと笑った。

「さて。じゃあ、現像しようか。真下に渡すんだからな。究極の、極上のプリントをしないと」

究極の、極上のプリント。

先生の現像の技術を残らず学び取る。そして、この写真世界の探偵の仕事も。先生の目が見えるうちに。陽太郎はそう心に決めていた。

「はい」

陽太郎はうなずいた。

弘一がにやっと笑う。陽太郎は大きく息を吸って、現像の準備をはじめた。

本書は書き下ろしです。
この作品はフィクションです。実在の人物、団体等とは
一切関係ありません。

銀《ぎん》塩《えん》写《しや》真《しん》探《たん》偵《てい》

一九八五年《ねん》の光《ひかり》

ほしおさなえ

平成30年 5月25日 初版発行
令和6年 9月20日 6版発行

発行者●山下直久

発行●株式会社KADOKAWA
〒102-8177 東京都千代田区富士見2-13-3
電話 0570-002-301(ナビダイヤル)

角川文庫 20945

印刷所●株式会社KADOKAWA
製本所●株式会社KADOKAWA

表紙画●和田三造

◎本書の無断複製（コピー、スキャン、デジタル化等）並びに無断複製物の譲渡および配信は、著作権法上での例外を除き禁じられています。また、本書を代行業者等の第三者に依頼して複製する行為は、たとえ個人や家庭内での利用であっても一切認められておりません。
◎定価はカバーに表示してあります。

●お問い合わせ
https://www.kadokawa.co.jp/ (「お問い合わせ」へお進みください)
※内容によっては、お答えできない場合があります。
※サポートは日本国内のみとさせていただきます。
※Japanese text only

©Sanae Hoshio 2018 Printed in Japan
ISBN978-4-04-106778-9 C0193

◆◇◇

角川文庫発刊に際して

角川源義

第二次世界大戦の敗北は、軍事力の敗北であった以上に、私たちの若い文化力の敗退であった。私たちの文化が戦争に対して如何に無力であり、単なるあだ花に過ぎなかったかを、私たちは身を以て体験し痛感した。西洋近代文化の摂取にとって、明治以後八十年の歳月は決して短かすぎたとは言えない。にもかかわらず、近代文化の伝統を確立し、自由な批判と柔軟な良識に富む文化層として自らを形成することに私たちは失敗して来た。そしてこれは、各層への文化の普及滲透を任務とする出版人の責任でもあった。

一九四五年以来、私たちは再び振出しに戻り、第一歩から踏み出すことを余儀なくされた。これは大きな不幸ではあるが、反面、これまでの混沌・未熟・歪曲の中にあった我が国の文化に秩序と確たる基礎を齎らすためには絶好の機会でもある。角川書店は、このような祖国の文化的危機にあたり、微力をも顧みず再建の礎石たるべき抱負と決意とをもって出発したが、ここに創立以来の念願を果すべく角川文庫を発刊する。これまで刊行されたあらゆる全集叢書文庫類の長所と短所とを検討し、古今東西の不朽の典籍を、良心的編集のもとに、廉価に、そして書架にふさわしい美本として、多くのひとびとに提供しようとする。しかし私たちは徒らに百科全書的な知識のジレッタントを作ることを目的とせず、あくまで祖国の文化に秩序と再建への道を示し、この文庫を角川書店の栄ある事業として、今後永久に継続発展せしめ、学芸と教養との殿堂として大成せんことを期したい。多くの読書子の愛情ある忠言と支持とによって、この希望と抱負とを完遂せしめられんことを願う。

一九四九年五月三日